Gotthold Ephraim Lessing

Leben des Sophokles

Gotthold Ephraim Lessing

Leben des Sophokles

ISBN/EAN: 9783743619609

Hergestellt in Europa, USA, Kanada, Australien, Japan

Cover: Foto ©Raphael Reischuk / pixelio.de

Manufactured and distributed by brebook publishing software (www.brebook.com)

Gotthold Ephraim Lessing

Leben des Sophokles

Gotthold Ephraim Lessings

Leben

des

Sophokles.

Herausgegeben

von

Johann Joachim Eschenburg.

Berlin,
bei Christian Friedrich Voß und Sohn.
1790.

Vorbericht
des Herausgebers.

Es sind jetzt gerade dreißig Jahr, als die sieben ersten Bogen der gegenwärtigen Schrift abgedruckt wurden. Was für ein Hinderniß es eigentlich gewesen sey, welches die Fortsetzung dieses Abdrucks, oder vielmehr die weitere Ausarbeitung des Werkes selbst, unterbrach, weiß ich nicht mit Gewißheit anzugeben. Vermuthlich war es Leſſing's Entfernung von Berlin, der um dieſe Zeit nach Breslau zu dem preuſſiſchen General Tauenzien gieng, in den nächsten Jahren darauf als Schriftsteller nur seine Uebersetzung des Diderot'schen Theaters vollendete, und an den Litteraturbriefen Antheil nahm. Erst sechs Jahre später betrat er

mit

mit seinem Laokoon die schriftstellerische Lauf=
bahn aufs neue.

Sein Sophokles sollte aus vier Büchern
bestehen, die wahrscheinlich auch eben so viel
Bände gefüllt haben würden. Aber auch hier
ist es ungewiß, welch einen Umfang er seinem
Stoffe zu geben gedachte, und wie er denselben
eigentlich zu vertheilen Willens war. Das
erste Buch hatte er, wie die Aufschrift des
ältern Titelblattes angiebt, dem Leben des
Dichters bestimmt; und diesem sollte vermuth=
lich eine kritische Zergliederung seiner Schau=
spiele, und eine deutsche Uebersetzung derselben
in Prose nachfolgen. Dieß letztere läßt sich
wenigstens aus dem Anfangsfragmente des
Ajax schließen, welches ich dem Leser am Schluß
dieses Bändchens mittheilen werde.

Lessing war, wie ich schon anderswo *)
bemerkt habe, von jeher gewohnt, seine Arbei=

ten

*) S. den fünften Beitrag zur Gesch. und. Litt.
aus der Wolfenb. Bibl. S. 58.

ten erſt während ihres Abdrucks zu vollenden,
und tiefen ſchon bei einigem, oft nur geringem,
Vorrathe von Handſchrift anfangen zu laſſen.
Ich hatte daher wenig Hoffnung, unter ſeinen
für die gegenwärtige Arbeit nachgelaſſenen Pa-
pieren, deren Mittheilung ich der Freundſchaft
ſeines Bruders, des Herrn Münzdirektors
Leſſing, verdanke, viel Vollendetes anzutref-
fen. Und ſo war es auch wirklich. Nur den
Schluß der Anmerkung (K.) die mit der 112ten
und letzten Seite des ehemaligen Drucks abge-
brochen war, fand ich völlig ausgearbeitet und
ins Reine geſchrieben. Das Uebrige beſtand
aus lauter einzelnen Zetteln, die nur kurze
Entwürfe und geſammelte Materialien zu den
meiſten, aber nicht einmal zu allen folgenden
Anmerkungen enthielten, welche in dem S. 6.
bis 11. befindlichen Leben des Sophokles nach-
gewieſen waren, und in einem, vermuthlich
ältern, Hefte, worin noch weniger ausgear-
beitete Angaben und Winke zu eben dieſen Anmerkungen, zerſtreut und einzeln, nebſt dem

* 3   ſchon

schon gedachten Anfang einer Ueberſetzung des
Ajax Maſtigophoros, niedergeſchrieben waren.

Verſchiedne ſeiner Freunde, denen er die
abgedruckten Bogen mitgetheilt hatte, die ich
auch ſelbſt ſeit mehrern Jahren aus ſeiner
Hand beſaß, verſuchten es oft, ihn zur Fort=
ſetzung und Vollendung dieſer ſo verdienſtvollen
Arbeit zu bewegen. Seine gewöhnliche Ant=
wort aber war, er müſſe erſt wieder Griechiſch
lernen, und ſich in eine Menge von Dingen
hinein ſtudiren, die ihm ſeitdem völlig fremd
geworden wären. Sein Verleger und vieljäh=
riger vertrauter Freund war zu gefällig, um
von dieſen abgedruckten Bogen irgend einen
willführlichen Gebrauch zu machen. Aber ſeit
Leſſing's Tode wurde der Wunſch ihrer Be=
kanntmachung bei denen, die von dieſem
Bruchſtück wußten, und das Daſeyn deſſelben
aus einigen öffentlichen Erwähnungen erfahren
hatten, immer dringender.

Mir geſchah alſo der Antrag, es heraus=
zugeben; und ich hatte mehr als Einen Grund,

mich

mich nicht an die Fortſetzung, oder auch nur
an die Ausarbeitung der noch vorhandenen
Materialien zu wagen; ſondern ich beſchloß,
dieſe ſo unvollendet, einzeln und mangelhaft,
wie ſie da waren, hinzu zu fügen, und ſo dem
Fragmente wenigſtens mehr Anſchein eines
Ganzen zu geben. Dieß zu thun, koſtete freilich mehr Zeit, Sorgfalt und Mühe, als der
erſte Anblick dieſer Ergänzung verrathen wird;
aber freundſchaftlicher Eifer für des Verfaſſers
Andenken, und Hinſicht auf dadurch zu bewir-
kende Befriedigung der Litteratoren, erleichter-
ten mir alle Mühe gar ſehr.

Dieſen letztern darf ich es nun wohl nicht
erſt ſagen, daß die hier gelieferte, ſehr zuſam-
mengedrängte Lebensbeſchreibung des Sophokles, und die zahlreichen, weitläuftigern Anmerkungen, wovon ſie begleitet wird, ganz in
der Manier des Bayle abgefaßt ſind. Und dieß
gilt nicht bloß von ihrer äußern Form, ſondern
auch von ihrem Geiſte und innern Gehalt.
Gewiß aber würde Barnes dieß Leben nicht
gelehr=

gelehrter, und Bayle nicht angenehmer ge=
schrieben haben, obgleich Leſſing (S. 5.) viel=
mehr ſich das Gegentheil dieſes Urtheils, als
ihm genügendes Lob des Kenners, wünſchte.
Denn freilich würde die Gelehrſamkeit des
Barnes, wie das in ſeinem Leben des Euripi=
des der Fall iſt, minder unterhaltend, und
Bayle's Anmuth minder gründlich und tief ein=
dringend ausgefallen ſeyn.

Gotthold Ephr. Lessings

Sophokles.

Erstes Buch.
Von dem Leben des Dichters.

Berlin 1760.
bey Christian Friedrich Voß.

SOPHOKLES.

Erstes Buch.

Bayle, der in seinem kritischen Wörterbuche sowohl dem Aeschylus, als dem Euripides einen besondern Artikel gewidmet hat, übergehet den Sophokles mit Stillschweigen. Verdiente Sophokles weniger gekannt zu werden? War weniger Merkwürdiges von ihm zu sagen, als von jenen seinen Mitbewerbern um den tragischen Thron?

Gewiß nicht. Aber bey dem Aeschylus hatte Baylen, Stanley; bey dem Euripides hatte ihm Barnes vorgearbeitet. Diese Männer hatten für ihn gesammelt, für ihn berichtiget, für ihn verglichen. Voll Zuversicht auf seinen angenehmern Vortrag, setzte

er

er sich eigenmächtig in die Rechte ihres Fleißes. Und diesem Fleiße den Staub abzukehren, den Schweis abzutrocknen, ihn mit Blumen zu krönen: war seine ganze Arbeit. Eine leichte und angenehme Arbeit!

Hingegen, als ihn die Folge der Buchstaben auf den Sophokles brachte, vergebens sah er sich da nach einem Stanley oder Barnes um. Hier hatte ihm niemand vorgearbeitet. Hier mußte er selbst sammeln, berichtigen, vergleichen. Wäre es schon sein Werk gewesen, so erlaubte es ihm itzt seine Zeit nicht: und Sophokles blieb weg.

Die nehmliche Entschuldigung muß man auch seinem Fortsetzer, dem Herrn Chaufepie', leihen. Auch dieser fand noch keinen Vorarbeiter: und Sophokles blieb abermals weg. —

Mann gewinne aber einen alten Schriftsteller nur erst lieb, und die geringste Kleinigkeit, die ihn betrift, die einige Beziehung auf ihn haben kann, höret auf, uns gleichgültig zu seyn. Seit dem ich es betauere, die Dichtkunst des Aristoteles eher studieret zu haben, als die Muster, aus welchen er sie abstrahierte: werde ich bey dem Namen Sophokles, ich mag ihn finden, wo ich will, aufmerksamer, als bey

meinem

meinem eigenen. Und wie vielfältig habe ich ihn mit
Vorsatz gesucht! Wie viel Unnützes habe ich seinetwe-
gen gelesen!

Nun denke ich: keine Mühe ist vergebens, die
einem andern Mühe ersparen kann. Ich habe das
Unnütze nicht unnützlich gelesen, wenn es, von mir
an, dieser oder jener nicht weiter lesen darf. Ich
kann nicht bewundert werden; aber ich werde Dank
verdienen. Und die Vorstellung, Dank zu verdienen,
muß eben so angenehm seyn, als die Vorstellung bewundert zu werden: oder wir hätten keine Grammatiker, keine Litteratores.

Mit mehrerm Wortgepränge will ich dieses Leben
meines Dichters nicht einführen. Wenn ein Kenner
davon urtheilet, „Barnes würde es gelehrter, Bayle
„würde es angenehmer geschrieben haben:„ so hat
mich der Kenner gelobt.

Leben

Leben des Sophokles.

„Vor allen Dingen muß ich von meinen Quel=
„len Rechenschaft geben (A). Diesen zufolge war
„Sophokles von Geburt ein Athenienser, und
„zwar ein Koloniate (B). Sein Vater hieß So=
„philus (C). Nach der gemeinsten und wahr=
„scheinlichsten Meinung, ward er in dem zweyten
„Jahre der ein und siebzigsten Olympias ge=
„bohren (D).

„Er genoß eine sehr gute Erziehung. Die Tanz=
„kunst und die Musik lernte er bey dem Lam=
„prus, und brachte es in dieser letztern, wie
„auch im Ringen so weit, daß er in beiden den
„Preis erhielt (E). Er war kaum sechzehn Jahr alt,
„als er mit der Leyer um die Tropäen, welche
„die Athenienser nach dem Salaminischen Siege
„errichteten, tanzte, und den Lobgesang anstimm=
„te. Und das zwar, nach einigen, nacket und
„gesalbt; nach andern aber, bekleidet (F). In der
„tragischen Dichtkunst soll Aeschylus sein Lehrer
gewesen

„gewesen seyn; ein Umstand, an welchem ich
„aus verschieden Gründen zweifle (G). Ist er
„unterdessen wahr, so hat schwerlich ein Schüler
„das Uebertriebene seines Meisters, worauf die
„Nachahmung immer am ersten fällt, besser ein=
„gesehen und glücklicher vermieden, als Sopho=
„kles. Ich sage dieses mehr nach der Verglei=
„chung ihrer Stücke, als nach einer Stelle des
„Plutarchs (H).

„Sein erstes Trauerspiel fällt in die sieben und
„siebzigste Olympias. Das sagt Eusebius, das
„sagt auch Plutarch: nur muß man das Zeug=
„niß dieses letztern recht verstehen; wie ich denn
„beweisen will, daß man gar nicht nöthig hat,
„die vermeinte Verbesserung anzunehmen, welche
„Samuel Petit darinn angegeben hat (I).

„Damals war der dramatische Dichter auch zu=
„gleich der Schauspieler. Weil aber Sophokles
„eine schwache Stimme hatte, so brachte er diese
„Gewohnheit ab. Doch blieb er darum nicht
„ganz von dem Theater (K).

A 4   „Er

„Er machte in seiner Kunst verschiedene Neue-
„rungen, wodurch er sie allerdings zu einer höhern
„Staffel der Vollkommenheit erhob. Es geden-
„ken derselben zum Theil Aristoteles (L); zum
„Theil Suidas (M); zum Theil der ungenannte
„Biograph (N).

„Mit der Aufnahme seiner Antigone hatte
„Sophokles ohne Zweifel die meiste Ursache,
„vergnügt zu seyn. Denn die Athenienser wur-
„den so entzückt davon, daß sie ihm kurz darauf
„die Würde eines Feldherrn ertheilten. Ich
„habe alles gesammelt, was man von diesem
„Punkte bey den Alten findet, die sich in mehr
„als einem Umstande widersprechen (O). Viel
„Ehre scheinet er als Feldherr nicht eingelegt zu
„haben (P).

„Die Zahl aller seiner Stücke wird sehr groß
„angegeben (Q). Nur sieben sind davon bis auf
„uns gekommen; und von den andern ist wenig
„mehr übrig, als die Titel. Doch auch die-
„se Titel werden diejenigen nicht ohne Nu-
„tzen

„ßen studieren, welche Stoffe zu Trauerspielen
„suchen (R).

. „Den Preis hat er öfters davon getragen (s).
„Ich führe die vornehmsten an, mit welchen er
„darum gestritten hat (T).

„Mit dem Euripides stand er nicht immer in
„dem besten Vernehmen (U). Ich kann mich nicht
„enthalten eine Anmerkung über den Vorzug zu
„machen, welchen Sokrates dem Euripides
„ertheilte. Er ist der tragischen Ehre des So=
„phokles weniger nachtheilig, als er es bey dem
„ersten Anblicke zu seyn scheinet (X).

„Verschiedene Könige ließen ihn zu sich einla=
„den; allein er liebte seine Athenienser zu sehr,
„als daß er sich freywillig von ihnen hätte ver=
„bannen sollen (Y).

„Er ward sehr alt, und starb in dem dritten
„Jahre der drey und neunzigsten Olympias (Z).
„Die Art seines Todes wird verschiedentlich an=
„gegeben. Die eine, welche ein altes Sinnge=
„dichte zum Grunde hat, wollte ich am liebsten

A 5   „alle=

„allegorisch verstanden wissen (AA). Ich muß die
„übrigen alten Sinngedichte, die man auf ihn
„gemacht hat, nicht vergessen (BB). Sein Begräb=
„niß war höchst merkwürdig (CC).

„Er hinterließ den Ruhm eines weisen, recht=
„schaffnen Mannes (DD); eines geselligen, mun=
„tern und scherzhaften Mannes (EE); eines Man=
„nes, den die Götter vorzüglich liebten (FF).

„Er war ein Dichter; kein Wunder, daß er
„gegen die Schönheit ein wenig zu empfindlich
„war (GG). Es kann leicht seyn, daß es mit den
„verliebten Ausschweiffungen, die man ihm
„Schuld giebt, seine Richtigkeit hat. Allein ich
„möchte mit einem neuen Scribenten nicht sagen,
„daß sein moralischer Charakter dadurch zweifel=
„haft würde (HH).

„Er hinterließ verschiedene Söhne, wovon
„zwey die Bahn ihres Vaters betraten (II). Die
„gerichtliche Klage, die sie wider ihn erhoben,
„mag vielleicht triftigere Ursachen gehabt haben,
„als ihr Cicero giebt (KK).

„Ausser

„Auſſer ſeinen Tragödien führet man auch noch
„andere Schriften und Gedichte von ihm an (LL).

„Die völlige Entwerfung ſeines Charakters als
„tragiſcher Dichter, muß ich bis in die umſtänd=
„liche Unterſuchung ſeiner Stücke verſparen. Ich
„kann itzt bloß einige allgemeine Anmerkungen
„vorausſenden, zu welchen mich die Urtheile, wel=
„che die Alten von ihm gefällt haben (MM), und
„verſchiedene Beynamen, die man ihm gegeben
„hat (NN), veranlaſſen werden.

„Ich rede noch von dem gelehrten Diebſtahle,
„den man ihm Schuld giebt (OO). Endlich werf=
„fe ich alle kleinere Materialien, die ich noch nicht
„anbringen können, in eine Anmerkung zuſam=
„men (PP); desgleichen auch die Fehler, welche die
„neuern Litteratores in Erzehlung ſeines Lebens
„gemacht haben (QQ).“

Aus=

Ausführung.

Es wird Mühe kosten, dieses Gerippe mit Fleisch und Nerven zu bekleiden. Es wird fast unmöglich seyn, es zu einer schönen Gestalt zu machen. Die Hand ist angelegt.

(A)

Von den Quellen.) Diese sind Suidas und ein Unbekannter, der seinen Scholien über die Trauerspiele des Sophokles ein Leben des Dichters vorgesetzt hat. Suidas und ein Scholiast: Quellen! So gefällt es der verheerenden Zeit! Sie macht aus Nachahmern Originale, und giebt Auszügen einen Werth, den ehedem kaum die Werke selbst hatten.

Der Artikel Sophokles ist bey dem ersten sehr kurz. Es ist auch nicht dabey angemerkt, woher er entlehnet worden. Niemand hat sich verdienter um ihn gemacht, als J. Meursius (a), der ihn mit

Au-

(a) In seiner Schrift: Aeschylus, Sophocles, Euripides, sive de Tragoediis eorum libri III. Lugduni Batav. 1619. Von Seite 87 bis 94. Sie ist dem zehnten Theile des Gronovschen Thesaurus einverleibet worden.

Anmerkungen erläutert hat, die ich mehr als einmal anführen werde.

Das Leben des Scholiaſten iſt etwas umſtändlicher, und es ziehet ältere Währmänner an, fur die man alle Hochachtung haben muß; den Ariſtoxenus, den Iſter, den Satyrus. Unter dem erſten verſtehet er ohne Zweifel den Ariſtoxenus von Tarent, den bekannten Schüler des Ariſtoteles, von deſſen vielen Schriften uns nichts, als ein kleiner muſikaliſcher Tractact, übrig geblieben iſt. Ammonius (b) führet von ihm ein Werk von den tragiſchen Dichtern an; und in dieſem ohne Zweifel wird das geſtanden haben, was der Scholiaſt, den Sophokles betreffend, aus ihm anführet. Iſter iſt der Schüler des Kallimachus, deſſen Diogenes Laertius, Athenäus, Suidas und andere gedenken (c). Was für einen Satyrus er hingegen meine, will ich nicht beſtimmen. Vielleicht den Peripatetiker dieſes Namens (d),

unter

(b) Περι ομοιων και διαφορων λεξεων; unter ῥυεσθαι και ἑρυεσθαι: Αρισοξενος ἐν τῳ πρωτῳ Τραγῳδοποιιας περι νεωτερων ὁτω φησι κατα λεξιν u. ſ. w.

(c) Voſſius de Hiſt. Gr. lib. IV. c. 12.

(d) Jonſius lib. R. de ſcript. Hiſt. Philoſ. c. 11.

unter deſſen Leben berühmter Männer auch) ein Leben des Sophokles ſeyn mochte.

Aber hätte ich nicht lieber die zerſtreuten Stellen bey dem Plato, Ariſtoteles, Diodorus Siculus, Pau⸗ ſanias, Athenäus, Philoſtrat, Strabo, Ariſtides, Cicero, Plinius ꝛc. die den Sophokles betreffen, die Quellen nennen ſollen? Doch ſie gedenken ſeiner nur im Vorbeygehen.

Und auch der Bäche, die mich zum Theil zu den Quel⸗ len gewieſen haben, kann ich ohne Undankbarkeit nicht vergeſſen. Wenn ich aber den Gyraldus (e), den Meurſius (f), und den Fabricius (g), nenne, ſo habe ich ſie alle genannt. Das ſind die einzigen, bey welchen ich mehr zu lernen, als zu verbeſſern gefun⸗ den habe. Bey allen andern war es umgekehrt.

(B)

Ein Athenienſer und zwar ein Koloniate.)

Suidas: Σοφοκλης, Σοφιλυ, Κολωνηθεν, Ἀθηναιος. Und der ungenannte Biograph: Ἐγενετο ὐν ὁ Σοφοκλης

το

(e) *Gyraldus* Hiſt. Poetarum tam graecorum quam latinorum, Dia⸗ log. VII.

(f) In der unter (a) angezogenen Schrift.

(g) Fabricius Bibl. Graeca Lib. II. cap. 17.

το γενος Ἀθηναιος, δημε Κολωνῆθεν. Desgleichen der Grammatiker, von welchem der eine Inhalt des Oedipus auf Kolonos iſt: ἦν γαρ Κολονοθεν (h). Auch Cicero (i) beſtätiget es: Tanta vis admonitionis ineſt in locis, ut non ſine cauſa ex his memoriae ducta ſit diſciplina. Tum Quintus, eſt plane, Piſo, ut dicis, inquit, nam me ipſum huc modo venientem convertebat ad ſeſe Coloneus ille locus (k), cujus incola Sophocles ob oculos verſabatur: quem ſcis quam admirer, quamque eo delecter: me quidem ad altiorem memoriam Oedipodis huc venientis, & illo molliſſimo carmine, quaenam eſſent ipſa haec loca, requirentis, ſpecies quaedam commovit; inanis ſcilicet, ſed commovit tamen.

Das atheniensiſche Volk ward, wie bekannt, in Φυλας (Stämme) eingetheilt, und dieſe Φυλαι theilten ſich wiederum in verſchiedene Δημες, das iſt Landsmannschaften, wie es Schulze (l) überſetzt hat,

und

(h) Sowohl die Ausgabe des Heinrich Stephanus, als des Paul Stephanus von 1603. (Seite 483) haben hier Κολωροθεν anſtatt Κολωνηθεν.

(i) Lib. V. de finibus

(k) Meurſius (Reliqua Attica cap. 6. p. 26) lieſet: convertebat ad ſeſe Colonus; ille locus &c. und ich ziehe dieſe Lesart vor.

(l) In ſeinen Anmerkungen über die Leben des Plutarchs, welche Kind ſeiner Ueberſetzung beygefügt hat.

und ich es nicht beſſer auszubrücken wüßte. Nicht
ſelten bemerken die Geſchichtſchreiber beides; ſowohl
den Stamm, als die Landsmannſchaft. So ſagt z. E.
Plutarch vom **Perikles:** Περικλης των μεν φυλων
Ἀκαμαντιδης, των δημων Χολαργευς. Von unſerm
Sophokles aber findet ſich nur der Δημος genannt;
und ich wüßte nicht, daß irgend ein **Philolog** die δημες
nach ihren φυλαις geordnet hätte; wenigſtens hat es
Meurſius in ſeinem Werke de populis Atticae nicht gethan. Unterdeſſen vermuthe ich nicht ohne Grund,
daß **Sophokles** aus dem **Hippothoontiſchen**
Stamme geweſen iſt, wie ich in der Anmerkung (CC)
zeigen will.

Es hieß aber der **Demos** des **Sophokles** Κολωνος.
Κολωνος bedeutet überhaupt einen Hügel, eine An-
höhe; γης ἀναςημα, τοπος υψηλος (m). Zu Athen
aber wurden beſonders zwey Hügel ſo genannt, wovon der eine innerhalb, der andere auſſerhalb der Stadt
lag. Der innerhalb der Stadt, war auf dem
Marktplaße, neben dem Tempel des **Euryſaces**, und
hies von dem Markte Κολωνος ἀγοραιος. Von dieſem
iſt die Rede nicht, ſondern von dem auſſer der Stadt,
welcher

(m) **Suidas** unter Κολωνος.

welcher zum Unterschiede Κολωνος ιππιος d. i. der Rits
terhügel, so wie jenes der Markthügel genennet
ward (n). Und zwar hatte er das Beywort ιππιος
von den darauf befindlichen Altären oder Tempeln
des Neptunus ιππιυ und der Minerva ιππιας (o).
Aus der obigen Stelle des Cicero, und zwar aus den
Worten:

(n) Man sehe den Harpocration und Pollux, deren Stellen Meursius (Reliq. Att. cap. 6) anführt. Wie auch den Gram-
tiker, welcher den zweyten Inhalt des Oedipus auf Kolonos gemacht hat. Ουτω κληθεντι, sagt dieser von dem
Kolonos, επει και Ποσιδωνος ισιν ιερον ιππιυ και
Προμηθεως, και αυτυ οι οριωκομοι ισαντα.
Der lateinische Uebersetzer macht in dieser Stelle einen sehr
albernen Fehler. Er giebt sie nehmlich so: quoniam Ne-
ptuni Equestris ibi est sacellum & Promethei, quique ejus
malorum curam gerunt, ibi confidunt. — Ejus malorum!
Was mögen das für geheiligte Maulesel gewesen seyn? Er
hat das Adverbium αυτυ für den Genitivum des Prono-
minis angesehen. (S. die Ausgabe des Paul Stephanus.
S. 484.)

(o) Warum aber jener eben hier als ιππιος verehret wurde, war
ohne Zweifel dieses die Ursache; weil er

Ιπποισιν τον ακεσηρα χαλινον
Πρωταισιν ταις δ' εκτισι αγυαις.

(Sophokles in seinem Oedipus auf Kolonos, Zeile 745. 46.)

B   Diese

Worten: nam me.ipſum huc modo venientem convertebat ad ſeſe Colonus &c. iſt nicht unbeutlich zu ſchlieſſen, daß er zwiſchen der Akademie und der Stadt
gelegen; denn das huc gehet hier auf die Akademie.
Nun lag dieſe ſechs Stadia vor dem Thore, und der
Kolonos mußte folglich noch näher liegen. Meurſius braucht dieſen Ort des Cicero auch ſehr glücklich
zur Verbeſſerung einer Stelle des Thucydides, wo
geſazt wird, daß der Kolonos ohngefehr zehn Stadia von der Stadt liege: ϛαδιες μαλιϛα δεκα; und er
vermuthet, daß man anſtatt δεκα leſen müſſe δ'.

Diejenigen nun, die in der Nähe dieſes Κολωνος
wohnten, machten den Demos aus, der davon den
Namen führte, und hießen Κολωνιαται. Niemand kann uns dieſes beſſer ſagen, als Sophokles
ſelbſt:

Ai

Dieſe Stelle des Sophokles hat mit der bekannten ſtreiti-
gen Stelle des Virgils:

      Tuque ô, cui prima frementem

    Fudit equum magno tellus percuſſa tridenti.

(Georg. lib. I. v. 12. 13.) ſehr viel ähnliches. Virgil ſcheinet
ſie vor Augen gehabt zu haben; und ich muß mich wun-
dern, daß ſie keinem von ſeinen Auslegern beygefallen iſt.
Denn man kann πρωταισιν eben ſowohl mit αγυαις,
als mit ιπποισιν verbinden.

— — — Ἀι δι πλησιον γυαι

Τονδ᾽ ἱππστην Κολωνον ευχονται σφισιν

Αεχηγον ειναι, και Φερυσι τυνομα

Το τυδι κοινον παντες ωνομασμινον·

heißt es zu Anfange seines **Oedipus** auf **Kolonos** (p). Und der Scholiast setzet hinzu: Το τυ Κο-
λωνυ ονομα κοινον Φερυσι παντες, ωνομαζομινοι Κολωνιαται δηλονοτι. Mit der Uebersetzung, welche **Vitus
Winsemius** von dieser Stelle macht, bin ich nichts
weniger, als zufrieden:

> — Et qui in vicinis compitis habitant agricolae
> Hunc equestrem Colonum precantur sibi
> Praesidem esse, atque inde nomen
> Commune habent, ac Coloniatae vocantur.

Equestrem Colonum precantur sibi praesidem esse, würde
ohngefehr heissen: sie verehren diesen **Kolonos** als
ihren Schutzgott. Welch ein Sinn! Ich würde ευχο-
μαι durch das bloße profiteri, aufs höchste durch glo-
riari geben; und αεχηγον wenigstens durch generis
auctorem ausdrücken. Denn weiter will **Sophokles** auch nichts sagen, als daß die Landleute
da herum sich des **Kolonos** als ihres Stamm-

orts

(p) Zeile 59 u. f.

orts rühmen, und den Namen der **Koloniaten**
von ihm führen.

Wodurch aber dieser **Kolonos** besonders merkwür=
dig geworden, das waren die letzten Schickſale des
Oedipus. Hier lies ſich dieſer unglückliche Mann
nieder, als ihn ſeine grauſamen Söhne aus ſeinem
Reiche trieben; hier ſtarb er. **Sophokles** hat dieſen
wunderbaren Tod zu dem Inhalte eines Trauerſpiels
gemacht, χαριζομενος ἐ μονον τη πατριδι αλλα και τῳ
ἱαυτυ δημῳ, ſagt der Scholiaſt. Und in der That hat
ſchwerlich ein Dichter ſeinen Geburtsort glücklicher
verewiget, als Er. Was ich ſonſt noch davon zu
ſagen hätte, verſpare ich, bis ich auf das Stück ſelbſt
komme, das zum Glücke eines von den übrig geblie=
benen iſt.

So auſſer allen Zweifel es nun ſchon, durch dieſe
Zeugniſſe und Umſtände, geſetzt zu ſeyn ſcheinet, daß
Sophokles von Geburt ein **Athenienſer** und zwar
ein **Koloniate** geweſen: ſo findet man doch eines
Alten erwehnet, welcher anderer Meinung ſeyn wol=
len. **Iſter** nehmlich, wie der ungenannte Biograph
anführet, hat vergegeben, **Sophokles** ſey kein **Athe=**
nienſer, ſondern ein **Phliaſier.** Aber da **Iſter** der
einzige

einzige ift, der diefes gefagt hat, warum foll man
fich von ihm irre machen laffen? Und so urtheilet der
ungenannte Biograph felbft: Ἀπισητεον δε και τω
Ἱερω φασκοντι αυτον ἐκ Αθηναιον, ἀλλα Φλιασιον εἰναι
πλην γαρ Ἱερω παρ᾽ ἐδενι ἑτερω τετ᾽ ἐτιν εὑρειν.

Meurfius hat, bey Gelegenheit diefer Stelle des
Biographs, einen Fehler begangen. In feinen Anmerkungen nehmlich über das Leben des Sophokles
aus dem Suidas, gedenkt er unter dem Worte Κολωνηθεν diefer Meinung des Ifter, und fagt: Ifter e
populo Phlienfi fuiffe eum tradiderat. Nun ift populus
hier dem Meurfius foviel als δημος. Ifter aber hat
dem Sophokles nicht bloß den Koloniaten, nicht
bloß den populum, δημον, fondern überhaupt den
Athenienfer abfprechen wollen. Diefes ift aus dem
Gegenfaße klar: ἐκ Αθηναιον ἀλλα Φλιασιον. Wäre
unter Φλιασιος bloß der δημος zu verftehen, fo könnte
er ja eben fowohl ein Phliafier und Athenienfer,
als ein Koloniate und ein Athenienfer feyn. Eine
dunkele Erinnerung, die dem Meurfius vielleicht
beywohnte, daß es wirklich einen δημον, Namens
Φλυα, gegeben, hat ihn ohne Zweifel zu diefem Fehler verleitet. Allein des Unterfchieds in den Buchfta-

B 3　　　　　　　　ben

ben nicht zu gedenken, so heißt das Adjectivum von
Φλυα nicht Φλυασιος, sondern einer aus diesem δημω
heißt Φλυευς. Ich beruffe mich deswegen auf folgende Inscription bey dem Spon (q):

ΣΕΛΕΥΚΟΣ

ΞΕΝΩΝΟΣ

ΦΛΥΕΥΣ

Φλιασιος hingegen ist das Gentile von Φλιυς. Phlius
aber war eine Stadt in dem Peloponnesus, und
zwar in Achaia, nicht weit von Sicyon r). Aus
diesem Phlius also, und nicht aus Phlya, muß Ister
den Sophokles gebürtig geglaubt haben.

Strabo sagt, das alte Phlius habe an dem Ber-
ge Kôlossa gelegen. Dieses bringt mich auf eine
Vermuthung. Sollte wohl Ister anstatt Κολωτηθεν,
gelesen haben Κοιλωσσηθεν?

(C) Sein

(q) In der Excerptis ex Jacobi Sponii Itinerario, de Populis Atticis,
welche des Meursius Reliq. Atticis beygefügt sind. S. 39.

(r) Strabo, im achten Buche S. 586 nach der Ausgabe des Al-
meloveen. Stephanus Byzantinus: ΦΛΙΟΥΣ, πολις
Πιλοποννησυ — το εθνικον Φλιυντος, η Φλιυ-
σιος — Πλεονασμω δι τυ α, Φλιασιος. Für
πλεονασμω lieset Gronovius μεταπλασμω. (variae
Lectiones in Stephano p. 26.)

(C)

Sein Vater hieß Sophilus.) Man sehe das Zeugniß des Suidas unter (A). Dieses bestätiget der ungenannte Biograph: υἱος δὲ Σοφιλυ. Und ein Ungenannter in der Anthologie (s):

Τον σε χοροις μελαψαντα Σοφοχλια παιδα Σοφιλυ,

Τον τραγιχης μυσης ἀσερα Κιχροποιον

u. f. w. Clemens Alexandrinus (t) schreibt ihn Σοφιλλος. So auch Tzetzes (u). Diodorus Siculus hingegen schreibt ihn Θεοφιλος (x). Ich wollte darum aber nicht mit dem Meursius sagen: Ergo emendandus Diodorus Siculus. Denn es ist nicht unwahrscheinlich, daß Σοφιλος und Θεοφιλος im Grunde einerley Namen sind, indem der dorische Dialekt Σιος anstatt Θεος sagt. Daher es denn auch die lakonische Aussprache war. Wenn die Athenienserin ἠ τω Θεω schwur, schwur die Spartanerin ναι σιω. Es war Ein Schwur; obgleich beide verschiedne Gottheiten damit meinten (y). Das

(s) Libro III. cap. 25. ep. 42.

(t) In seiner Ermahnungsrede an die Griechen. S. 36 nach der Ausgabe des D. Heinsius.

(u) Chil. VI. 69.

(x) Bibl. Hist. lib. XIII. p. 222. edit. Rodom.

(y) S. die Lysistrata des Aristophanes, Zeile 81 und 145, und was Bisetus über die erstere anmerkt.

Das war sein Name; nun von seinem Stande. War Sophilus, der Vater unsers Dichters, einer von den vornehmern oder geringern Bürgern? Aristoxenus und Ister haben das letztere behauptet; denn beyde haben ihn zu einem Handwerker, jener zu einem Zimmermanne oder Schmiede, und dieser zu einem Schwerdtfeger gemacht. Allein dem ungenannten Biograph kömmt dieses unglaublich vor; und zwar aus zwey Gründen, davon einer von der Feldherrnstelle, welche Sophokles nachher, zugleich mit den vornehmsten Männern des Staats bekleidet, und der andere von dem Stillschweigen der Komödienschreiber hergenommen ist. Er wählet also den Mittelweg und sagt, daß Sophilus vielleicht nur Knechte gehalten habe, die jene Handwerker treiben müssen: Ύιος τȣ Σοφιλȣ, ὁς ȣτε (ὡς Αρισοξενος φησι) τεκτων, ἠ χαλκευς ἠν· ȣτε (ὡς Ιϛορος) μαχαιροποιος την εργασιαν. Τυχον δε ἰκεκτητο δȣλȣς χαλκιας ἠ τεκτονας· ȣ γαρ εἰκος τον ἐκ τοιȣτων γενομενον ϛρατηγιας ἀξιωθηναι συν Περικλει, και Θȣκυδιδη, τοις πρωτοις της πολεως· ἀλλ ȣδ ἀν ὑπο των κωμῳδων ἀδηκτος ἀφιεθη, των ȣδε Θεμιϛοκλεȣς ἀποσχομενων.

Den

Den ersten Grund halte ich für den stärksten nicht. Ich werde in der Anmerkung (O) mehr davon sagen. Der zweyte aber dunkt mich desto wichtiger. Ein geringes Herkommen war für die Dichter der alten Komödie eine unerschöpfliche Quelle von Spöttereyen. Wehe dem berühmten Manne, dem sie von dieser Seite etwas verrücken konnten! Da war kein Verschonen; wenn er sich um den Staat auch noch so verdient gemacht hätte. Themistokles, sagt der Biograph, erfuhr es. Und der gute Euripides! setze ich hinzu. Wie viel mußte er, wegen seiner Mutter Klito, die eine Krauthöckerin (λαχανοπωλις) gewesen war, von dem Aristophanes leiden. Nun war zwar Aristophanes ein besonderer Feind des Euripides, dem er den Sophokles sehr weit vorzog. Aber würde er, dieser poetischen Gerechtigkeit wegen, einen Einfall unterdrückt haben? Da kennt man den Aristophanes nicht! Da kennt man die alte Komödie nicht! Als Sophokles in seinem Alter Gedichte für Geld machte, wozu ihn vielleicht die Noth zwang, wie bitter warf es ihm Aristophanes vor! Ich rede in der Anmerkung (P) hiervon mehr. Und er sollte ihm seine geringe Herkunft geschenkt

B 5   haben?

haben? Auch Kratinus, auch Eupolis, und wie
sie alle heissen, sollten sie ihm geschenkt haben? Denn
man muß annehmen, daß der Biograph, oder die
Währmänner des Biographs, von der alten Komödie mehr gelesen hatten, als uns davon übrig geblieben ist.

Aber was soll ich zu dem Mittelwege sagen, den
der Biogragh hier nehmen will, „daß der Vater des
„Sophokles vielleicht nur Knechte gehalten, die jene
„Handwerker treiben müssen?„ Das heißt viel zu viel
einräumen. Denn derjenige Bürger zu Athen, welcher mit den Handthierungen seiner Knechte wucherte,
war noch lange kein vornehmer Bürger; er gehörte
aufs Höchste in die Klasse der Mittelbürger, των μι-
τρίων πολιτων. Ja der Sohn eines solchen Bürgers
war noch immer den Spöttereyen der Komödienschreiber, über das mittelbare Gewerbe seines Vaters, aus-
gesetzt. Ich beruffe mich dieserwegen auf das, was
Plutarch (z) von dem Redner Isocrates sagt: Ἰσο-
κρατης Θεοδωρε μεν ἠν παις τε Ἐρεχθιεως (aa) των με-

τρίων

(z) In den Lebensbeschreibungen der zehn Redner, unter welchen
das Leben des Isokrates das vierte ist.

(aa) Wie Xylander anstatt τε ἀρχιερεως mit vollkommenem
Grunde lieset.

τριων πολιτων, θεραποντας αυλοποιας κεκτημενα, —
οθεν εις τας αυλας κεκωμωδηται υπο Αριτοφανες και
Στρατιδος. Hier ist ein Mann, welcher Flötenmacher
in seinem Brode hält; aber eben darum gehörte dieser Mann unter die Mittelbürger; und der Sohn bekam von dem Aristophanes und Stratis des Vaters Flöten sein zu hören.

Widerspricht also die unterlassene Spötterey der
Komödienschreiber dem Aristoxenus und Ister, so
widerspricht sie auch der Vermuthung des Biographs,
und Sophilus muß nothwendig einer von den Edeln
der Stadt gewesen seyn, die reines Vermögen genug
besassen, entweder in die Klasse der Pentakosiome-
dimnen, oder wenigsten in die Klasse der Ritter zu
gehören. Dieser Behauptung kömmt das Zeugniß
eines Alten, eines spätern Römers zwar, aber doch
eines Mannes zu statten, der mit der griechischen Lit-
teratur genau bekannt war. Der ältere Plinius (bb)
nehmlich nennet unsern Dichter ausdrücklich, principe
loco genitum Athenis. Wird Plinius das aus seinem
Kopfe gesagt haben? Wird er sich nicht auf Zeugnisse
gestützt

(bb) Hiftor. Nat. lib. XXXVII. Sect. XI. §. 1. Edit. Hard. Ich gedenke dieser Stelle des Plinius unter (x) mit mehreren.

geſtützt haben, die wenigſtens den Zeugniſſen des Iſters und Ariſtorenus die Wage gehalten?

Ich habe über dieſes eine Vermuthung, woraus das nachtheilige Vorgeben des Ariſtorenus und Iſter entſtanden ſeyn kann, die hoffentlich keine von den unglücklichſten ſeyn wird. Auf dem zweyten Κολωνος, welcher zum Unterſchiede αγοραιος hieß, ließen ſich alle diejenigen treffen, welche für Lohn arbeiteten, und hießen von dieſem ihren Verſammlungsorte Κολωνιται cc). Was iſt nun leichter zu vermengen als Κολωνιται und Κολωνιαται? Sophokles aber, und folglich auch ſein Vater, war ein Κολωνιατης. So fanden ihn Ariſtorenus und Iſter genennet, und laſen es für Κολωνιτης, und machten ihn zu einem Manne, der für Lohn arbeitet. Meine-Vermuthung wird dadurch beſtärkt, daß ſie weder untereinander, noch mit ſich ſelbſt einig ſind, welches Handwerk Sophilus eigentlich getrieben habe. Denn ein Κολωνιτης konnte

ein

(cc) Suidas unter dieſem Worte: Ουτως ωνομαζον της μισθωτης· επειδη περι τον Κολωνον εισηκεσαν, ὃς ἐςι πλησιον της αγορας. Suidas hat hier den Harpocration ausgeſchrieben, welcher die nehmlichen Worte aus einer Rede des Hyperides anführt.

ein Zimmermann, ein Schmid, und ein Schwerd=
feger seyn.

Will man mir über dieses Κολωνιτης noch eine gram=
matikalische Grille erlauben? Ich halte die Sylbe της
hier für etwas mehr, als für die bloße Endung, wel=
che verschiedene Gentilia bekommen. Ich halte sie
für das Nennwort Θης, welches einen Arbeiter um Lohn
bedeutet. Ὅτι ὁ παῤ ἄλλοις, merkt Photius aus
den Chrestomathieen des Helladius an (dd), μισθὸς
δουλευων, Θης καλειται, ἢ παρα το Θειναι, ὁ δηλοι το
χερσιν εργαζεσθαι και ποιειν — ἡ κατα μεταθεσιν τυ
τ εις το Θ· το γαρ πινεσθαι και τητασθαι τυ βιυ, οἷον
τειρεσθαι, αναγκαζει πολλυς τα αυλων πραττειν. Nun
weis ich zwar wohl, daß Θης in der mehrern Zahl
Θητες hat, und daß es also, nach Verwandlung des
Θ in das vielleicht ursprüngliche τ, Κολωνιτητες heißen
müßte, und nicht Κολωνιται; ich weis aber auch daß
der gemeine Gebrauch, welcher die Abänderung der
Wörter in seiner Gewalt hat, sich wenig um die Her=

leitung

(dd) Diesen Auszug des Photius aus dem Helladius, hat Meur=
sius übersetzt und mit Anmerkungen erläutert; und so ist
er dem zehnten Bande des Gronovschen Thesaurus als
ein besonderes Werk einverleibet worden.

leitung bekümmert. Das Θειναι in der angeführten Stelle, ist unser thun.

(D)

In dem zweyten Jahre der ein und siebzigsten Olympias gebohren.) Der ungenannte Biograph: Γεννηθηναι δε αυτον φασιν ιβδομηκοςη πρωτη ολομπιαδι κατα το δευτερον ετος, επι Αρχοντος Αθηνησι Φιλιππε. Mit ihm stimmet der Ungenannte, von welchem wir ein kurzes historisches Verzeichniß der Olympiaden (Ολυμπιαδων αναγραφην) haben (ee), auf das genaueste überein. Er schreibt unter dem zweyten Jahre ΟΛ. Ο̅Λ̅. Φιλιππος. Σοφοκλης ο τραγωδοποιος εγεννηθη. Doch merkt eben dieser Ungenannte auch unter dem dritten Jahre der drey und siebzigsten Olympias an: Σοφοκλης εγεννηθη κατα τινας. Und unter diese einige gehöret Suidas, in dem Artikel von unserm Dichter: τεχθεις κατα την οϛ΄ Ολυμπιαδα. Es wird aber aus andern Datis erhellen,

(ee) Man findet dieses Ungenannten Ολυμπιαδων αναγραφην, unter andern in der Janß-zischen Ausgabe der Chronik des Eusebius von 1658. Seite 313 u. f. Die Critici pflegen sie unter dem Titel Anonymi Descript. Olympiad. anzuführen.

hellen, daß man sich an diese einige nicht kehren dürfe,
und das die erstere Meinung allerdings den Vorzug
verdiene.

Der ungenannte Biograph fährt fort: ἦν δὲ Αἰσχυ-
λȣ μὲν νεωτερος ἔτη δεκαεπτα, Εὐριπιδȣ δὲ παλαιοτερος
εἰκοσιτεσσαρα. „Er war siebzehn Jahr jünger als
„Aeschylus und vier und zwanzig Jahr älter als
„Euripides." Dem zu Folge müßte Aeschylus in
dem ersten Jahre der sieben und sechzigsten, und
Euripides in dem zweyten der sieben und siebzigsten Olympias gebohren seyn. Doch beydes streitet wider alle Zeugnisse, die man von der Geburts-
zeit dieser beiden Dichter hat, so verschieden sie auch
unter sich selbst seyn. Fabricius (ff) hat dieses bereits angemerkt: Auctor vitae Sophoclis ait, Sophoclem
Aeschylo juniorem annis XVIII. (man lese XVII.) se-
niorem Euripide annis XXIV. Pro quibus rationibus
Aeschylus natus fuerit Olymp. LXVII. 1. Euripides
Olymp. LXXVIII. (man lese LXXVII.) quod utrumque aliorum scriptorum testimoniis refellitur. Nun ist
die wahrscheinlichste Meinung, daß Aeschylus in der
drey und sechzigsten Olympias, und Euripides

in

(ff) Biblioth. Gr. lib. II. cap. 17. p. 619.

in dem erſten Jahre der fünf und ſiebzigſten ge=
bohren worden. Wie alſo, wenn mein ungenannter
Biograph geſchrieben hätte: ἦν δε Αισχυλ8 μὲν νεώτε-
ρος ἔτη εἰκοσιτετσαρα, 'Ευριπιδ8 δε παλαιοτερος δεκαεττα; „Er war vier und zwanzig Jahr jünger als
„Aeſchylus, und ſiebzehn Jahr älter als Euripi=
„des?„ Würde er der Wahrheit nicht um ein großes
näher kommen? Mich wundert, daß Fabricius auf
dieſe Vermuthung nicht gefallen iſt.

Der Scholiaſt des Ariſtophanes, merkt bey der
75ten Zeile der Fröſche an: ἦν γαρ Σοφοκλης Αισχυ-
λ8 μὲν ἔτισιν ἐπτα νεωτερος, Ευριπιδ8 δε κδ'. „So=
„phokles ſey ſieben Jahr jünger als Aeſchylus und
„vier und zwanzig Jahr jünger als Euripides gewe=
„ſen.„ Nichts kann deutlicher in die Augen fallen, als
daß der Scholiaſt von den Abſchreibern hier jämmer=
lich verſtümmelt worden. Was aber L. Küſter in
ſeinen Noten darüber anmerkt, iſt nur zum Theil rich=
tig: Loco huic peſſimum vulnus negligentia librorum
inflictum eſt: qui proinde ut in integrum reſtituatur,
pro ἔτισιν ἐπτα ſcribendum eſt ἔτισιν δεκαεττα: &
deinde poſt Ευριπιδ8 δε, inferenda eſt vox πρεσβυτερος
vel παλαιοτερος, quæ non ſine manifeſto ſenſus detrimento

hic

hic omiſſa eſt. Abſurdum enim eſt dicere, Sophoclem
Aeſchylo juniorem tantum fuiſſe ſeptem annis; Euripide
vero, viginti quatuor annis: cum Euripidem haud paucis poſt Aeſchylum annis vixiſſe nemo ignoret. Contra
Sophoclem Aeſchylo juniorem fuiſſe ſeptendecim annis;
Euripide vero ſeniorem viginti quatuor annis, non ſo-
lum evincunt rationes chronologicae, ſed etiam expreſſe
teſtatur Anonymus in vita Sophoclis &c. Und hierauf
folgen die angeführten Worte des ungenannten Biographs. Allein was will Küſter, wenn er ſagt, es
wiſſe jedermann, daß Euripides erſt viele Jahre
nach dem Aeſchylus gelebt habe? Aeſchylus iſt, den
Arundelſchen Marmorn zu Folge, in dem erſten
Jahre der achtzigſten Olympias geſtorben. Und in
der neun und ſiebzigſten, hatte ſich Euripides bereits als einen tragiſchen Dichter bekannt gemacht.
Man laſſe aber den Aeſchylus auch in der acht und
ſiebzigſten geſtorben ſeyn, ſo war Euripides doch
damals ſchon geraume Zeit gebohren, und man kann
auf keine Weiſe ſagen: Euripidem haud paucis poſt Aeſchylum annis vixiſſe. Sollen aber dieſe Worte nur
bedeuten, Euripides überlebte den Aeſchylus viele
Jahre: ſo weis ich gar nicht, was wider den Scho-

C   liaſten

liaſten daraus folgt. Denn könnte, dem ohngeachtet, Aeſchylus nicht ſpäter gebohren ſeyn als Euripides? Und bleibt er es nicht auch alsdenn noch, wenn man ſchon die ſieben Jahre in ſiebzehn verwandelt hat? Kurz, das iſt der rechte Weg gar nicht, die Verſtümmlung des Scholiaſten ins Licht zu ſetzen; ſondern Küſter hätte, gerade zu, ſagen ſollen: Es ſey ausgemacht, daß Sophokles älter als Euripides geweſen. Er hatte ſich, ohne Umſchweif, auf das Zeugniß des A. Gellius (gg, oder wer ihm ſonſt beygefallen wäre, beruffen müſſen: und man würde es ihm ohne Umſtände eingeräumet haben, daß παλαιοτερος, oder ein ähnliches Wort fehle. Wenn er aber ſagt, es erhelle aus chronologiſchen Berechnungen wirklich, daß Sophokles ſiebzehen Jahr jünger als Aeſchylus, und vier und zwanzig Jahr älter als Euripides geweſen ſey: ſo iſt es gerade das Gegentheil von dem was Fabricius ſagt. Er trauet dem ungenannten Biograph, ohne ihm nachzurechnen; der der Wahrheit doch ſehr weit verfehlet, wenn man ihm durch meine vorgeſchlagene Verſetzung nicht einigermaßen zu Hülfe kommen will. Meur-

(gg) *Noct. Att. libr. XVII. cap.* 21. Qui in hoc tempore nobiles celebresque erant, Sophocles ac *deinde* Euripides &c.

Meurſius, in ſeinen Anmerkungen über den Artikel des Suidas, ſagt: AliiOlympiade XCI anno 2.Sophoclem natum tradunt. Von dieſen andern, welche vorgeben ſollen, Sophokles wäre in dem zweyten Jahre der ein und neunzigſten Olympias gebohren, habe ich nie etwas gehört; auch wohl ſonſt niemand in der Welt. Es hat ſich offenbar ein Druckfehler hier ein geſchlichen; denn in der gleich darauf folgenden Stelle des Biographs lieſet Meurſius ſelbſt: Ὀλυμπιαδι εβδομηκοςη πρωτη, und nicht ἐνενηκοςη πρωτη. Ich will hoffen, daß man in der neuen Ausgabe der ſämmt-lichen Werke des Meurſius dieſen Fehler bemerkt und verbeſſert hat. In dem Gronovſchen The-ſaurus, welchem die Schrift des Meurſius doch nach einer vermehrten Handſchrift des Verfaſſers ein-verleibet worden, iſt er glücklich ſtehen geblieben.

(E)

Eine gute Erziehung — Die Tanzkunſt und die Muſik bey dem Lamprus — In dieſer und im Ringen den Preis.) Der un-genannte Biograph: Καλως τι ἐπαιδευθη και ἐτραφη ἐι ἰυπορια — Διεπονηθη δι και ἰι παιςι και πιρι πα-

C 2   λαιςρ̣αν

λαιεραν και μυσικην, ἐξ ὧν ἀμφοτερων ἐςιφανωϑη, ὡς
φησιν Ἰςρος· ἐδιδαχϑη δε την μυσικην παρα Λαμπια.
Und Athenäus (hh) sagt von ihm: ην και ὀρχησικην
διδιδαγμενος, και μυσικην ἐτι παις ὡν περι Λαμπρη.

Die Erziehung der Griechen iſt bekannt. Gram=
matik, Muſik, Gymnaſtik: hierinn, und nach die=
ſer Ordnung, wurden ihre Kinder unterrichtet. Die
Theile der Gymnaſtik waren ὀρχησις und παλη, das
Tanzen und das Ringen. Ich will aber das Wort
Ringen hier in eben dem weitläuftigen Sinne ge=
nommen wiſſen, als das griechiſche παλη, unter wel=
chem noch viel andere gymnaſtiſche Uebungen, als das
eigentliche Ringen, verſtanden wurden.

Den nun, bey welchem Sophokles die Muſik
lernte, nennet der ungenannte Biograph Lampias.
Athenäus hingegen nennt ſeinen Lehrer in der Muſik
und Orcheſtik, das iſt, demjenigen Theile der Gym=
naſtik, welcher das Tanzen begreift, Lamprus. Sie
meinen beide Einen Mann, deſſen Name bey dem erſten
nur verſchrieben iſt. — Und dieſer Lamprus war der
berühmteſte Lehrer ſeiner Zeit. Cantare ad chordarum
ſonum, ſagt Nepos von dem Epaminondas, doctus
eſt

(hh) Libr. I. p. 20. Edit. Caſaub.

est a Dionyſio, qui·non minore fuit in muſicis fama, quam Damon·aut Lamprus.

Ich habe verſchiedenes über dieſen Mann anzumer⸗ ken. Ich fange bey einem offenbaren Irrthume an, in welchem Fabricius ſeinetwegen geweſen iſt. Nach ihm nehmlich ſoll eben dieſer Lamprus auch den So⸗ krates in der Muſik unterrichtet haben. · Muſicam .& ſaltandi artem a *Lampro* edoctus (ii), ſagt er von un⸗ ſerm Dichter, und ſetzt in der Note hinzu: eodem qui Socratem docuit. Und an einer andern Stelle (kk): Idem ni fallor Lamprus a quo Muſicam edoctum ſe pro- fitetur Socrates apud Platonem Menexenu. Und das ſoll Sokrates bey dem Plato ſelbſt ſagen? Fabri⸗ cius kann dieſe Anführung unmöglich ſelbſt nachgeſe⸗ hen haben. Denn Sokrates ſagt es daſelbſt nicht nur nicht, ſondern ſagt ſogar gerade das Gegentheil. Er·unterhält ſich mit dem Menexenus von der Lob⸗ rede, welche den im Treffen gebliebenen Athenienſern gehalten werden ſoll. Er ſagt es ſey dieſes ein Stoff, der eben nicht viel Geſchicklichkeit erfordere. Denn was für Schwierigkeiten könne es haben, Athenienſer

C 3   in

in Athen zu loben? Ganz anders wäre es, wenn der
Redner Athenienſer in Sparta, oder Spartaner in
Athen loben müßte. Und alſo, fragt Menexenus
den Sokrates, getraueſt du dich wohl, dieſe Rede
ſelbſt zu halten? Warum nicht? erwiedert Sokra:
tes. Και εμοι μεν γε, ω Μενεξενι, ᾂδεν θαυμασον οιῳτ'
ειναι ειπειν, ῳ τυγχανει διδασκαλος ᾗσα ᾗ 'πανυ φαυλη
περι ρητορικης, αλλ' ἡπερ και αλλᾳς πολλᾳς και αγαθᾳς
εποιησε ρητορᾳς, ινα δε και διαφεροντα των Ελληνων,
Περικλεα τᵋ Ξανθιππᵋ. ΜΕ. Τις αυτη; ἡ δηλοτοτι
Ασπασιαν λεγεις; ΣΩ Λεγω γαρ· και Κοννον γε τᵋ
Μητροβιᵋ, ᾗτοι γαρ μοι δυο εισι διδασκαλοι· ὁ μεν
μᵋσικης· ἡ δε ρητορικης· ᾗτω μεν ᾗν τρεφομενον ανδρα
ᾂδεν θαυμασον δεινον ειναι λεγειν. αλλα και ὁτις εμᵋ
κακιον επαιδευθη, μᵋσικην μεν ὑπο Λαμπρᵋ παιδευθεις,
ρητορικην δε ὑπο Αντιφωντος τᵋ Ραμνᵋσιᵋ, ὁμως καν
ᾗτος οιος τ' ειη Αθηναιᵋς γε εν Αθηναιοις επαινων ευδο-
κιμειν. Ich, ſagt er, der ich in der Beredſamkeit die
Aſpaſia, und in der Muſik den Konnus zum Lehr:
meiſter habe, ſollte nicht im Stande ſeyn, eine der:
gleichen Lobrede zu halten? Die könnte ja wohl einer
halten, der einen ſchlechtern Unterricht genoſſen hätte,
als ich; der die Muſik von dem Lamprus, und die
Beredſam:

Beredſamkeit von dem **Antiphon** gelernet hätte. —
Weit gefehlet alſo, daß **Sokrates** hier vorgeben ſollte, die Muſik von dem **Lamprus** gelernet zu haben;
er iſt vielmehr ſtolz darauf, daß er ſie nicht von ihm
gelernt hat, daß er ſie von einem beſſern Meiſter erſt
itzt lernet.

Was mag aber wohl den **Fabricius** zu dieſem Irrthume verleitet haben? Ohne Zweifel eine Stelle des
Sextus Empiricus, oder vielmehr eine vermeinte
Verbeſſerung die **Menage** darinn machen will. Σω-
κρατης, erzehlet **Sextus Empiricus** (11), καιπερ
βαθυγηρως ηδη γεγοιως, ἀκ ηδειτο προς Λαμπωια τον
Κιθαριςην φοιτων· και προς τον επι τυτω ονειδισαιτα
λεγειν, ὁτι κρειττον ἐςιν ὀψιμαθη μαλλον, ἤ ἀμαθη
διαβαλλισθαι. Hier heißt der Cithariſt, von welchem
ſich **Sokrates** noch in ſeinem hohen Alter unterwei-
ſen laſſen, **Lampon**, und **Menage** (mm) ſagt: obi-
ter moneo pro Λαμπωια legendum omnino Λαμπρον.
Aber warum denn? Um den **Sextus Empiricus**,
ſtatt eines kleinen Fehlers einen weit gröbern begehen

C 4　　　　　　zu

____

(11) Lib. **VI.** adverſus Mathematicos.

(mm) In ſeinen Anmerkungen über den **Diogenes Laertius** Lib. II.
Segm. 32.

zu laſſen? Es iſt wahr, des Sokrates Lehrer in der Muſik hieß nicht Lampon, er hieß Konnus; Sextus irret ſich in dem Namen. Aber er würde ſich in mehr als in dem Namen geirret haben, wenn er Lamprus geſchrieben hätte. Denn Lamprus konnte damals ſchwerlich mehr leben. Man überſchlage es nur. Lamprus unterrichtete den Sophokles vor ſeinem ſechzehnten Jahre, und der Lehrer konnte leicht zwanzig Jahr älter ſeyn, als der Schüler; Sokrates war beynahe dreyßig Jahr jünger als Sophokles, und lernte die Muſik βαθυγηρως ηδη γεγοιως, als er ſchon ſehr alt war. Nun laſſe man ihn nur funfzig Jahr geweſen ſeyn, und rechne zuſammen. Müßte nicht Lamprus beynahe ein Greis von hundert Jahren geweſen ſeyn, wenn er den Sokrates in dieſem Alter noch hätte unterrichten können? Aus den Worten des Sokrates bey dem Plato, iſt auch nichts weniger zu ſchließen, als daß Lamprus damals noch gelebt habe. Er ſpricht nicht von jungen Leuten, die noch itzt ſchlechter unterrichtet würden, als er; er redet von ſchon gebildeten Rednern, die ſchlechter unterrichtet worden.

Und

Und hätte doch auch Muretus diese Umstände der Zeit ein wenig überlegt! Er würde unsern Lamprus schwerlich in einer Stelle des Aristoteles gefunden haben, in welcher nichts als die Buchstaben seines Namens, in der etymologischen Bedeutung desselben vorkommen. Man höre ihn nur (nn). Aristoteles septimo Politicon, quorundam errorem notans, qui felicitatis causam non in virtute, sed in opibus ac copiis esse censent, ait perinde eos ridicule facere, ac si, quod musicus aliquis bene caneret, ejus rei causam non in artem, sed in lyram referrent. Id autem his verbis exprimit: Διο και νομιζουσιν ανθρωποι της ευδαιμονιας αιτια τα εκτος ειναι των αγαθων· ωσπερ ει τω κιθαριζειν λαμπρον και καλως αιτιωτο την λυραν μαλλον της τεχνης. Quibus in verbis, ut illud praeteream, quod legi malim aut αιτιωντο, aut ειτις τω κιθαριζειν, aliud mihi multo gravius subesse mendum videtur. Neque enim τω κιθαριζειν λαμπρον και καλως, sed τω κιθαριζειν Λαμπρον καλως legendum puto. Λαμπρος enim veteris musici proprium nomen fuit: quam boni nihil ad rem: hoc enim tantum significat Aristoteles, si Lamprus bene canat, id non lyra sed artificio ipsius effici, &

C 5   ridicu-

(nn) Var. Lect. lib. IX. cap. 5.

ridiculum fore, ſi quis id non artificio ipſius, ſed lyrae tribuendum eſſe contendat. So ſinnreich dieſe Verän‑ derung iſt, ſo überfließig iſt ſie auch. Denn warum ſoll hier λαμπρον der Name eines Muſikers ſeyn? Weil er es ſeyn kann? Weil auch alsdenn noch die Worte einen Sinn behalten? Iſt das Grundes genug? Hätte Muretus nicht vorher zeigen müſſen, daß κιθαριζειν λαμπρον και καλως, keinen Sinn, oder wenigſtens keinen guten Sinn mache? Und konnte er das? Konnte ihm unbekannt ſeyn, daß λαμπρος auch von der Stimme, und folglich von den Tönen überhaupt geſagt werde? Freylich, wenn man λαμπρον hier bloß durch clare überſetzt, wie es ſo wohl P. Victorius, als Lambinus thut (oo), ſo ſcheinet λαμπρον κιθαριζειν mehr ein Werk der Cither, als der Kunſt zu ſeyn. Allein es heißt hier das, was wir im Deutſchen durch rein ausdrücken; und λαμπρον κιθαριζειν in dieſem Sinne, rein ſpielen, iſt nicht dem Inſtrumente, ſondern der kunſtmäßigen Stimmung und der Geſchicklichkeit des Griffs beyzumeſſen. Doch das alles iſt mein Haupteinwurf noch nicht. Sondern dieſer, wie ge‑ ſagt,

(oo) Und wie es Muretus ſelbſt in der ſeinen Lect. var. angehäng‑ ten Interpretatione græcor. locorum thut.

sagt, ist aus der Zeitrechnung hergenommen. Wenn es wirklich bey dem Aristoteles τȣ κιϑαριζειν Λαμπρον καλως hieße: würde man nicht annehmen müssen, daß Lamprus damals noch gelebt habe? Denn nur einem noch lebenden und in der Blüthe seines Rufes stehenden Künstler, pfleget man ein dergleichen Compliment im Vorbeygehen zu machen. Ist es aber möglich, daß Lamprus zu der Zeit noch leben konnte, als Aristoteles schrieb? Er müßte weit über hundert Jahr geworden seyn, wenn er nur da noch gelebt hätte, als Aristoteles gebohren ward. Wie wäre dieser auf einen Mann gefallen, den er nie gekannt, nie gehöret hatte?

Das waren also zwey Stellen, in die man den Lamprus mehr hineingelegt, als ihn darinn gefunden hat. Hier sind zwey andre in welchen er wirklich ist. Sie sind beyde aus dem Athenäus. Die eine stehet gegen das Ende des eilften Buchs, wo von den Anzüglichkeiten und Verleumdungen, deren sich Plato schuldig gemacht habe, die Rede ist. Und da wird denn auch der obigen Stelle des Weltweisen gedacht, wo er des Lamprus auf eine nicht vortheilhafte Art erwehnet: Ει δι τῳ Μενιξειῳ ȣ̓ μονον Ἱππιας ὁ Ηλειος χλευαχλιυαζεται, αλλα και ὁ Ραμνϗσιος Αντιφων, και ὁ μϗσικος Λαμπρος. Allein Λαμπρος χλιυαζεται; das heißt die Sache ein wenig übertreiben. Plato spottet des Lamprus ja eben nicht. Denn spottet man denn gleich eines Künstlers, wenn man sagt, daß ein anderer über ihn ist?

Aus der zweyten Stelle des Athenäus (pp) ersiehet man, daß Lamprus sich des Weins enthalten hat, und ein Wassertrinker gewesen ist. Desgleichen, daß der Komödienschreiber Phrynichus ihn in einem seiner Stücke angestochen habe, wo er die Kibitze seinen Tod beklagen lassen: Ὑδροποτης δε ἠν και Λαμπρος ὁ μϗσικος, περι ὁ Φρυνιχος φησι λαρϗς θρηνειν, ἐν ὁισι Λαμπρος ἐναπεθιησκεν ἀνθρωπος ὑδατοποτας, μινυρος ὑπερσοφισης, μϗτων σκελετος, ἀηδονων ἠπιαλος, ὑμνος ἁδϗ. Wenn ich diese Stelle recht verstehe, so hat das Stück selbst, in welchem Phrynichus den Lamprus durchgezogen, λαροι, die Kibitze geheissen. Ich ziehe nehmlich ἐν ὁισι auf λαρϗς, und die folgenden Worte sind mir der Threnus (oder ein Stück wenigsten davon), den der Dichter die Kibitze über den Tod des Musikus singen lassen. Und das

ohne

(pp) Lib. II. p. m. 44.

ohne Zweifel in einem Theile des Chorus, welchen die
Kibitze gemacht. Denn die Worte selbst scheinen mir
zerrissene anapästischen Zeilen zu seyn, die ich einem
andern in Ordnung zu bringen überlassen will. Ich
weis zwar wohl das weder **Dalechampius** in seiner
Uebersetzung, noch **Casaubonus** in seinen vortreff-
lichen Anmerkungen über den **Athenäus**, hier den
Titel einer Komödie des **Phrynichus** wahrgenommen
zu haben scheinen. Ich weis auch, daß unter den
Stücken welche **Suidas** (qq) diesem Dichter zueig-
net, sich keines dieses Namens befindet; daß auch
Meursius (rr), welcher doch alle von dem **Suidas**
benannte

(qq) Φρυνιχος, Αθηναιος, Κωμικος των επιδευτερων
της αρχαιας κωμωδιας. — Δραματα δε αυτȣ
εςι ταυτα· Εφιαλτης, Κοννος, Κρονος, Κωμα-
ςαι, Σατυροι, Τραγωδοι, ἡ Απελευθεροι, Μο-
νοτροπος, Μυσαι, Μυςης, Ποαςριαι. Die Worte
des **Suidas**, δραματα δε αυτȣ εςι ταυτα, folgende
Stücke sind von ihm, wollen aber eben nicht sagen, daß
er sonst keine gemacht habe. Und wenn sie es auch sagten,
so hat **Suidas** in ähnlichen Fällen schon mehr als einmal
geirret. Von dem **Eupolis** z. E. sagt er: εδιδαξε δραματα ιζ. Und **Meursius** hat deren doch mehr als
zwanzig angeführt gefunden.

(rr) Bibl. Attica Lib. V..

benannte Stücke da oder dort angeführet gefunden,
keine λαχυς aufgetrieben hat. Aber dem ohngeachtet
kann ich Recht haben; denn, wie gesagt, ich wüßte
nicht, auf was ἐν ὅισι anders gehen könnte, als auf
λαχυς. Die Zunamen übrigens, die **Phrynichus**
hier unserm **Lamprus** giebt, scheinen, ausser von
seinem Wassertrinken, von seinem Alter und seinen
allzutraurigen Melodieen hergenommen zu seyn. Er
heißt, der klägliche Virtuose, das Gerippe der Musen,
das Fieber der Nachtigallen, das Klagelied der Hölle;
denn auch diese Bedeutung, wie bekannt, hat ὑμνος.
Wenn aber **Muretus**, an dem angezogenen Orte,
sagt: Hunc Lamprum Athenaeus, *non sane ex consuetu-
dine musicorum*, abstemium fuisse ait &c. so hat **Muretus** die Zeiten schändlich verwechselt. Ein alter Citha-
riste war mehr ein Lehrer der Mäßigkeit und Tugend,
als der Tonkunst. Οι τ᾽ αὖ Κιθαρισται, ἑτερα τοιαυτα,
σωφροσυνης τε ἐπιμελωνται, και ὁπως ἀν ὁι νεοι μηδεν
κακουργωσι, sagt **Plato** (ss).

Diesen zwey Stellen aus dem **Athenäus** könnte
ich eine dritte aus dem **Plutarch** (tt) beyfügen, wo
eines

(ss) Im **Protogoras.**
(tt) In seiner Abhandlung von der Musik

eines lyriſchen Dichters, Namens Lamprus gedacht
wird; und wer die genaue Verbindung erwägt, in
welcher zu den damaligen Zeiten die Poeſie mit der
Dichtkunſt ſtand, wird ſich nicht lange bedenken, ihn
für unſern Lamprus zu halten. Seine Lieder ſtehen
da mit den Liedern des Pindars, des Pratinas, και
των λοιπων οσοι των λυριχων ανδρες εγενοιτο ποιηται χρη-
ματων αγαθοι, in einer Reihe.

(F)

Um die Tropäen, nach dem Salamini-
ſchen Siege — Nach einigen, nacket und ge-
ſalbt; nach andern, bekleidet.) Der ungenannte Biograph: Μετα την ιν Σαλαμινι ναυμαχιαν Αθηναιων περι τροπαιον οιτων, μετα λυρας γυμνος αληλιμμενος τοις παιανιζειν των επινιχιων. εξηρχε. Und
Athenäus (uu): Σοφοχλης δε προς τω χαλος γιγενες-
θαι την ωραν, ην και ορχηςιχην δεδιδαγμενος και μυ-
σιχην ετι παις ων παρα Λαμπρω, μετα γην την εν Σαλαμινι ναυμαχιαν περι τροπαιον γυμνος αληλιμμενος
εχορευσε μετα λυρας· οι δε εν ιματιω φασι.

Und damals, ſage ich, war Sophokles noch nicht
ſechzehn Jahr. Denn es war das erſte Jahr der

fünf

(uu) Lib. I. p. m. 20.

fünf und ſiebzigſten Olympias, als Xerxes der griechiſchen Freyheit den Untergang drohte. Die Athenienſer wollten dem Rathe des **Themiſtokles**, die Stadt zu verlaſſen, und ihr Glück zur See zu wagen, lange nicht folgen. Endlich, als **Leonidas** und ſeine Spartaner bey **Thermopylä** ihr Leben vergebens aufgeopfet hatten, als **Phocis** von den Feinden überſchwemmet und verheeret war, als ſie ihm ihr Attica von ihren Bundesgenoſſen, die ſich nach **Peloponneſus** zogen, Preiß gegeben ſahen, zwang ſie die äuſſerſte Noth zu dem Entſchluſſe: την μεν πολιν παραχατα3ε5θαι τη Α3ηνα τη Α3ηναιων μεδ᷆εσ̈η, τ᷆ας δ᷄ εν ηλιχια παντας εμβαινειν εις τας τ̔ριηρεις, παιδας δε χαι γυναιχας χαι αν᷄δ̔ραπ᷄δα σωζειν ἑχας᷄ον ὡς δυνατον.

Xylander und **Rind** überſetzen in dieſer Stelle des **Plutarchs** (xx), τ᷄υς εν ηλιχια nicht zum beſten durch juventus, **junge Mannſchaft.** Denn es iſt hier ς᷄ρατευσιμος, μαχιμος ηλιχια, nicht die Jugend, ſondern das zu Kriegesdienſten fähige Alter zu verſtehen, welches über das ſechzigſte Jahr reichte. Seinen Anfang aber nahm es von dem achtzehnten, oder eigentlich von dem zwanzigſten Jahre. Denn ob ſie ſchon

---

(xx) Im Leben des **Themiſtokles.**

schon von dem achtzehnten Jahre an dienen mußten,
so wurden sie doch nicht gegen den Feind, sondern nur
zur Bewachung der Stadt gebraucht, und hießen
περιπολοι (yy). In dem zwanzigsten legten sie erst
den Eid ab, ὑπερμαχειν ἀχρι θανατυ της δριψα-
μενης.

Unter dieser streitbaren Mannschaft konnte unser
Sophokles also noch nicht seyn, sondern er gehörte
unter die Kinder, die die Väter, so gut wie sie konnten,
in Sicherheit mußten bringen lassen. Aber gleichwohl ist er auf Salamis, und tanzet da um die Tropäen. Sollte man ihn itzt nicht eher in Troezene
suchen, wohin die meisten Athenienser ihre wehrlose
Familie schickten? Οἱ πλεισοι των Αθηναιων, fährt
Plutarch fort, ὑπεξεθιτο γονιας και γυναικας εις
Τροιζηνα, φιλοτιμως παυυ των Τροιζηνιων ὑποδεχομε-
νων· και γαρ τρεφειν ἐψηφισαντο δημοσια, δυο ὀβολυς
ἱκασω διδοντες, και της ὀπωρας λαμβανειν τυς παιδας
ἐξειναι πανταχοθεν, ἐτι δ' ὑπερ αυτων διδασκαλοις τε-
λειν μισθυς. Doch Herodotus sagt es ausdrückli-
cher, daß Troezene nicht der einzige solche Zuflucht-
ort gewesen sey, sondern daß einige ihre Kinder auf

D   Aegina

(yy) Pollux lib. VIII. cap. 9. §. 105.

Aegina, einige auch auf Salamis geschickt hätten (zz): Ενθαυτα οι μεν πλειςοι ες Τροιζηνα απεςει-
λαν (τα τεκνα και τυς οικετας), οι δε ες Αιγιναν, οι δε
ες Σαλαμινα. Der junge Sophokles war folglich
nach diesem letztern Orte in Sicherheit gebracht worden, wo es der tragischen Muse, alle ihre drey Lieblin-
ge, in einer vorbildenden Gradation, zu versammeln
beliebte. Der kühne Aeschylus half siegen; der blü-
hende Sophokles tanzte um die Tropäen; und Euripides ward an dem Tage des Sieges auf eben der
glücklichen Insel gebohren.

Ich hätte vor allen Dingen anmerken sollen, daß
die vorzügliche Schönheit des Sophokles, ihn der
Ehre würdig machte, der Anführer bey einer so glor-
reichen Feyerlichkeit zu seyn: προς το καλος γεγενησθαι
την ωραν, sagt Athenäus. — Und dieses ist das erste
Datum, aus welchem es wahrscheinlicher wird, daß
unser Dichter in dem zweyten Jahre der ein
und siebzigsten, als in dem dritten der drey
und siebzigsten Olympias gebohren worden. Als
ein Kind von sechs Jahren würde er vielleicht zu Troezene Obst genascht, nicht aber auf Salamis um die
Tropäen getanzt haben.   (G/Ae-

(zz) Herod. libr. VIII. p. 541. Edit. Henr. Stephani.

(G)

**Aeschylus des Sophokles Lehrer in der
tragischen Dichtkunst — Zweifel dawider.)**
Der ungenannte Biograph ist der einzige, der dieses
sagt: Παρ Αισχυλω την Τραγωδιαν εμαθεν. Ich werde also um so viel eher daran zweifeln dürfen. Und
das aus folgenden Gründen. Ich will nicht untersuchen, wie viel man überhaupt von der dramatischen
Dichtkunst einen lehren kann; ob es sich viel weiter
als auf gewisse mechanische Kleinigkeiten erstreckt, die
man durch die Intuition eines Musters weit geschwin-
der und besser, als durch die allgemeinen Regeln eines
Lehrers begreift. Ich will nicht fragen, wie viel es
dergleichen allgemeine Regeln zu den Zeiten des Aeschylus geben konnte, da noch so wenig gute Stücke
vorhanden waren, aus welchen man sie hätte abziehen
können? Ich will auch nicht fragen: konnte Aeschylus etwas lehren, was er selbst nicht gelernt hatte?
Nach dem eigenen Bekenntnisse dieses Dichters war
sein Talent zur Tragödie, mehr ein ihm von dem Bacchus übernatürlicher Weise geschenktes, als erworbe-
nes Talent. Εφη δε Αισχυλος μειρακιον ὸν καθευδειν

ἐν ἀγρῷ φυλάσσων ςαφυλὰς, καὶ οἱ Διόνυσον ἐπιςαντα
κελευσαι τραγῳδιαν ποιειν· ὡς δὲ ἦν ἡμερα, πειθεσθαι
γαρ ἐθελειν, ῥάςα ἤδη πειρωμενος ποιειν· erzehlet (aaa)
Pauſanias. Man laſſe das Wunderbare von dieſer
Erzehlung weg, und es bleibt doch immer noch ſo
viel übrig, daß Aeſchylus die tragiſche Dichtkunſt
nicht ſtudiret, ſondern ſich durch einen gewaltigen,
und gleichſam unwillführlichen Trieb ſeines Genies damit abgegeben hat. Und dem ohngeachtet würde er
ſie allerdings auch andere haben lehren können, wenn
er wenigſtens nachher darüber nachgedacht, und ſeine
natürliche Fähigkeit in Wiſſenſchaft verwandelt hätte.
Allein dieſes unterblieb; wovon uns unter andern ein
Vorwurf überzeugt, den Sophokles ſelbſt dem Aeſchylus gemacht hat. Σοφοκλης heißt es bey dem
Athenäus (bbb), ὠνειδιζεν αυτῳ, ὁτι εἰ και τα δεοντα ποιει, ἀλλ᾽ ἐκ εἰδως γε. „Was Aeſchylus ma-
„chë, gerathe ihm zwar, ſey zwar gut; allein er wiſſe
„ſelbſt nicht warum es ihm gerathe, warum es gut
„ſey.“ Wußte er es nicht, wie konnte er es einem
andern beybringen? Wußte Sophokles, daß er

es

(aaa) Lib. I. Ed. Kuhn. p. 48.
(bbb) Lib. I. p. m. 22.

es nicht wußte, wie konnte er es von ihm zu lernen hoffen?

Zwar wird man sagen: Sophokles machte diese
Erfahrung zu spät, und es ist einmal eingeführt, daß
auch derjenige unser Lehrmeister heissen muß, von dem
wir nichts gelernet haben, wenn wir nur etwas von
ihm haben lernen wollen. — Nun gut, so mögen alle
die Zweifel die ich von der Unfähigkeit des Aeschylus,
ein Lehrer in seiner Kunst zu seyn, hergenommen habe,
nichts gelten; und ich verspreche in der Anmerkung (I)
einen andern, historischen Beweis zu führen.

(H)

Nach einer Stelle des Plutarchs.) Diese
Stelle findet sich in der Untersuchung des Plutarchs,
πως αν τις αισθοιτο εαυτω προκοπτοντος επ' αρετη;
woraus man seinen Wachsthum in der Tugend schließen könne? Und da ist ihm keines von
den geringsten Merkmalen η περι τας λογυς μεταβολη,
die Veränderung des Geschmacks an den verschiednen
Theilen der Weltweisheit. Angehende Philosophen,
sagt er, beschäftigen sich meistentheils mit denjenigen
Theilen, die sie in Ruf und Ansehen bringen können.

D 3   Einige

Einige versteigen sich in die glänzenden Höhen der Physik; andere verlieben sich in dunkele Zänkereyen; die meisten stürzen sich in die Spitzfindigkeiten der Dialektik. Nur die besten von ihnen kommen endlich, bey reifferm und gesundern Urtheile, auf das, was die Seele wirklich gut und groß macht, und weihen sich denjenigen Theilen der Weltweisheit, deren Fußtapfen, mit dem Aesopus zu reden, mehr hineinwerts als hinauswerts gehen. Nun fährt Plutarch fort:

Ωσπερ γαρ ὁ Σοφοκλης ἐλεγι, τον Αισχυλɤ διαπιπαιχɤς ὁγκον, εἰτα το πικρον και κατατεχνον της ἀυτɤ κατασκευης, τριτον ἠδη το της λεξεως μιταβαλλειν εἰδος, ὁπερ ἐσιν ἠθικωτατον και βιλτιϛον· ɤτως ὁι Φιλοσοφɤντες, ὁταν ἐκ των πανηγυρικων και κατατεχνιων, εἰς τον ἀπτομινον ἠθɤς και παθɤς λογον μιταβασιν, ἀςχονται την ἀληθη προκοπην και ἀτυφον προκοπτειν (ccc).

Der wahre Sinn dieser Stelle ist so leicht nicht.

Xylan:

(ccc) Diese Stelle war dazu versehen, falsch citiret zu werden. Fabricius (Bibl. Gr. Lib. II. cap. 17. §. 1.) citiret sie: Plutarchus de defectu in virtute. Ein solches Buch des Plutarchs giebt es gar nicht. Und Heinrich Stephanus in seinem Thesauro linguae graecae, führet unter κατατεχνος verschiedene Worte und Zeilen daraus an, als ob sie in dem Buche de discern. adul. ab amico stünden.

Xylander hatte sie anfangs so übersetzt: Sophocles aiebat se primo faſtum Aeſchyli accidiſſe (ddd), deinde apparatum nimis denſum atque artificioſum, poſtremo etiam dictionis formam mutaſſe, quae pars maxime ad mores pertinet & eſt potiſſima: ita philoſophantes, cum a compoſitis ad oſtentationem & artificio nimio elaboratis orationibus, ad orationem animi motus placidos gravesque attingentem tranſiverint, vere incipiunt faſtu repudiato proficere.   Ich will dieſe Ueberſetzung nicht critiſiren; Xylander hat es in ſeinen Anmerkungen ſelbſt gethan, und die Worte, welche den Sopho: kles angehen folgendergeſtalt verbeſſert: Sophocles ajebat, ſe primum animi ludique gratia grandiloquentiam Aeſchyli imitatum: deinde ejus in apparatu condenſationem atque artificii induſtriam: tertio demum nunc loco ad id dictionis genus ſe transtuliſſe, quod ad formandos mores aptiſſimum, eaque de cauſa eſſet optimum. Doch auch mit dieſer Verbeſſerung kann ich nicht zufrieden ſeyn.   Der Sinn des Plutarchs iſt weder genau, noch deutlich genug ausgedrückt. Die Worte Σοφο-

(ddd) Was accidiſſe hier heißen können, begreiffe ich gar nicht. Es hat ohne Zweifel irriſiſſe, oder dergleichen, heißen ſollen. Ich bediene mich der Frankfurtſchen Ausgabe von 1610.

κλης τον Αισχυλε διαπεπαιχως ογκον ſagen bloß, daß Sophokles den Schwulſt des Aeſchylus verlacht habe, und es iſt ein eigenmächtiger Zuſaß des Xylanders, daß dieſes durch eine burleske Nachahmung, durch eine Parodie, geſchehen ſey. Wenn Sophokles ein Komödienſchreiber geweſen wäre, ſo würde mir dieſer Zuſaß weniger mißfallen. Denn von den koniſchen Dichtern iſt es bekannt, daß ſie auch damals ſchon die hochtrabenden Stellen ihrer tragiſchen Brüder, gern parodirten und dadurch lächerlich machten. Allein wo hätte das Sophokles thun können? In ſeinen eigenen Tragödien? So hätte er ſich ſelbſt den größten Schaden gethan. Und das Wort κατασκινη. Mit dieſem hat ſich Xylander ſehr geirret. Er giebt es durch apparatus. Gut; aber was für ein apparatus? Aus einer Verbeſſerung, die er in dem Texte macht, erhellet deutlich, daß er die κατασκιυνι der Rhetorick, die Ausſchmückung der Rede durch Figuren und Tropen, verſtanden hat. Anſtatt το πικρον της αυτε κατασκιυνς, lieſet er nehmlich το πυκνον; und überſeßt es durch apparatum nimis denſum, anſtatt es durch nimis amarum zu überſetzen. Denn freylich konnte ihm eine herbe, bittere Ausſchmückung in

dieſem

diesem Verstande, nicht den besten Sinn zu machen
scheinen; wohl aber eine allzugedrungene, überhäufte Ausschmückung. Allein wenn dieses die rich-
tige Bedeutung des Wortes κατασκευη wäre, würde
nicht alsdenn diese zu überhäufte, zu gekünstelte Ausschmückung (το πυκνον και κατατεχνον της κατασκευης,)
mit dem, was Plutarch die Schwulst des Aeschylus (τον Αισχυλου ογκον) nennet, ziemlich auf eines
hinauslauffen? Denn was macht einen Dichter anders schwülstig, als die allzuhäuffige, allzugesuchte
Anwendung der kühnsten Tropen? Und doch will Plutarch ausdrücklich beides unterschieden wissen: διαπεπαιχως ογκον — ειτα — τριτον.

Warum halte ich mich auf? Kurz; es ist hier nicht
die κατασκευη der Rhetorik, sondern die κατασκευη
der Schauspielkunst, die theatralische Auszierung zu
verstehen. Σκευη, κατασκευη, σκευοποιϊα, σκευοποιη-
ματα, diese Wörter begreiffen alles, was zur Vorstellung eines dramatischen Stücks erfodert wird;
Auszierungen der Bühne, Kleider, Larven, Maschinen. Nun ist es von dem Aeschylus bekannt (eee)

D 5   σκευο-

(eee) Philoſtratus de vita Apollonii ‚Tyanei lib. VI. cap. 6.

σκευοποιίας ηψατο, εικατμενης τοις των ηρωων ειδεσιν.

Er war, wie Horaz sagt:

— — personae pallaeque repertor honeſtae,

— — & modicis inſtravit pulpita tignis

Et docuit — — — niti — cothurno.

Es iſt aber auch nicht weniger von ihm bekannt, daß er in der Auszierung ſeiner Bühne und ſeiner Perſonen, ſehr weit ging, und das Schreckliche darinn nicht ſelten übertrieb. Man erinnere ſich ſeiner Eumeniden; welche grauſame Wirkung der ungewohnte Anblick dieſer rächeriſchen Gottheiten, die Aeſchylus zu allererſt im Schlangenhaare aufführte, auf die Zuſchauer hatte! Und was ſahe man nicht ſonſt alles auf ſeiner Bühne!

Aigles, Vautours, Serpens, Grifons

   Hippocentaures & Typhons,

Des Taureaux furieux, dont la gueule béante

Eut tranſi de frayeurs le grand cheval d'Atlante;

Un char, que des Dragons etincelans d'eclairs

Promenoient en ſifflant par le vuide des airs;

Demorgogon encore à la triſte figure,

Et l'Horreur & la Mort s'y voyoient en peinture (fff).

Dieſes

(fff) Tanaquill Faber in ſeinen franzöſiſchen Lebensbeſchreibungen der griechiſchen Dichter.

Dieses übertriebene Schreckliche also, welches Ae=
schylus nicht blos in seinen Versen schilderte, sondern
wirklich durch alle Künste der **Skevopöie** sichtbar
machte, dieses ist es, was **Plutarch** το πικρον και
κατατεχνον της αυτε κατασκευης nennet. Denn der
höchste Grad des Schrecklichen wird wirklich in der
Nachahmung widerwärtig, πικρος. Ist es noch
nöthig, dieses Wort in πυκνος zu verwandeln?

Nach dieser Erklärung betrachte man nunmehr die
Stelle des **Plutarchs**, und sie ist ungleich heller. In=
dem **Aeschylus** den Ausdruck der Tragödie so viel als
möglich erhaben zu machen suchte, verstieg er sich oft
in das Schwülstige; und dieses war die erste Uebertrei=
bung, die **Sophokles** vermied. Indem **Aeschylus**
gern so schrecklich als möglich seyn wollte, ließ er sich
oft verleiten, seine Zuflucht zu wunderbaren Maschi=
nen und ungeheuren Verkleidungen zu nehmen, die
aber mehr Abscheu als Schrecken erregten; und dieses
war der zweyte Fehler, in welchen sich **Sophokles**
nicht reißen ließ. Er ist erhaben, ohne schwülstig zu
seyn; er ist schrecklich, ohne das Schreckliche einer
widrigen **Skevopöie** zu danken zu haben. Das alles
paßt vollkommen. Und doch sage ich, daß ich dieses

Ver=

Verhältniß des Sophokles zum Aeschylus nicht so
wohl aus gegenwärtiger Stelle des Plutarchs, als
aus der Vergleichung ihrer Stücke gezogen habe?
Warum das?

Einer Besorgniß wegen. Man darf den Plutarch nur ein wenig kennen, um zu wissen, daß ihm
sein Gedächtniß mehr als einen übeln Streich gespie-
let hat. Wie wenn es ihm auch hier nicht treu genug
gewesen wäre? Wie wenn er das, was er von dem
Sophokles sagt, von dem Euripides hätte sagen
sollen? Ich will die Gründe dieser meiner Besorgniß
vorlegen. — Σοφοκλης ελεγε, schreibt Plutarch;
„Sophokles hat gesagt.“ Wo hat er es gesagt?
Hat er es in einem von seinen Werken gesagt? Und
welches ist das Werk, wo er dieses nicht eben allzube-
scheidne Bekenntniß hätte thun können? Es müßte
nothwendig das Buch gewesen seyn, welches er über
den Chorus geschrieben hat, und dessen ich in der
Anmerkung (LL) gedenken werde. War es hier, wo
er so mancherley an dem Aeschylus auszusetzen hatte,
wie ist sein obiger Ausspruch von diesem seinem Vor-
gänger, οτι τα δεοντα ποιει (ggg), damit zu vergleichen?

(ggg) Bey dem Athenäus. Man sehe die vorhergehende Anmerkung (G) Seite 52.

chen? Wie iſt die Hochachtung überhaupt damit zu
vergleichen, die er beſtändig gegen dieſen Vater der
Tragödie gehabt hat? Hätte er ſich ſelbſt geſchmeichelt,
ſo vieles nach dem Aeſchylus in der tragiſchen Dichtkunſt verbeſſert zu haben, würde er nicht geneigt geweſen ſeyn, ſich weit über ihn zu ſetzen? Als er aber,
nach der Erdichtung des Ariſtophanes, in das Reich
der Schatten kam, wo Aeſchylus den tragiſchen Thron
beſaß, wie bezeigte er ſich gegen ihn?

— — — Εκυσι μεν Αισχυλον,
Οτι δη κατηλθε, κἀνεβαλε την δεξιαν·
Κἀκεινος ὑπεχωρησεν αυτω τε θεοισ (hhh).

Er küßte ihn; er ließ ihm die rechte Hand; er begab
ſich des Thrones völlig. Man ſage nicht: das iſt die
Erdichtung eines Komödienſchreibers. Dieſer Komödienſchreiber konnte von den wahren Geſinnungen des
Sophokles gar wohl unterrichtet ſeyn, und durfte
itzt ſeine Erdichtungen nicht anders, als ihnen gemäß
einrichten. — Aber dieß alles ſind die geringſte Gründe meines Verdachts. Die wichtigſten ſind dieſe;
Anfangs, daß die zwey erſtern Punkte, in welchen
Sophokles, dem Plutarch zufolge, von dem Ae-

ſchylus

(hhh) Ariſtophanes in den Fröſchen Zeile 800. u. f.

Aeſchylus abgegangen iſt, ſich nicht bloß eben ſo wohl, ſondern ungleich richtiger von dem Euripides als von dem Sophokles ſagen laſſen; und hernach, daß der dritte Punkt, den ich noch gar nicht berührt habe, ſich faſt nur von dem Euripides, und von dem Sophokles gar nicht ſagen läßt.

Es iſt wahr, Sophokles hat ſich der Schwulſt des Aeſchylus nicht ſchuldig gemacht; aber Euripides noch weniger. Der Ausdruck des Sophokles blieb noch immer ſtark und erhaben; da ſich Euripides hingegen ſo weit von dem Aeſchylus entfernte, daß er nicht ſelten gemein und ſchwatzhaft ward. So lautete das allgemeine Urtheil der Alten, wovon Ariſtides für mich die Gewähr leiſten mag. Ὀρω δε τοι και περι την τραγῳδιαν, ſagt er in ſeiner zweyten antiplatoniſchen Rede (iii), Αισχυλον μεν αιτιαν ἐ σχοντα ὡς εισαγαγοι λαλιαν· ἀδε τον ἡδιϛον ειπειν Σο-φοκλεα, ἀδαμɞ ταυτ' ἀκɞσαντα, ὡς ἐπηρει Αθηναιɞς λαλειν, ὀτι οιμαι της σεμνοτητος, ὡς οιον τε μαλιϛα, ἀντειχοντο, και κρειττονα ἠ κατα τɞς πολλɞς τα ἠθη παρειχοντο. Ευριπιδην δε λαλειν αυτɞς ἐθιϛαι καται-τιαθεντα

(iii) Ὑπερ τɞ τεσσαρων. p. 133. Tom. Ⅱ. Op. Ariſtidis, edit. Samuelis Jebb.

τιαθεντα, ἀφελειν τι δοξαντα τȣ βαρȣς καγ των καιρων.

Es ist ferner wahr, Sophokles hat sich der fürchter-
lichen Verkleidungen, der wunderbaren Maschinen,
weniger und bescheidner bedienet, als Aeschylus.
Er hat sich aber doch sonst der Skevopöie sehr beflis-
sen, und wie man in der Anmerkung (N) sehen wird,
verschiedenes darinn erfunden. Von dem Euripides
hingegen kann man dieses nicht sagen; es ist vielmehr
ein sehr gemeiner Vorwurf, den ihm die Alten machen, daß er den theatralischen Putz zu sehr vernach-
läßiget habe.

Κᾲλλως ἱκος τȣς Ημιθȣς τοις ἑȣμασι μειζοσι
χρησθαι,

Καγ γαρ τοις ιματιοις ἡμων χρωνταγ πολυ σεμ-
νοτεροισιν

Ἀ ἐμȣ χρησȣς καταδειξαντος διελυμηνω συ·

sagt Aeschylus bey dem Aristophanes (kkk) zu
ihm. Denn er scheute sich nicht, Könige und andere
vornehme Personen in elenden und zerrissenen Kleidern
aufzuführen. Wie wohl oder wie übel er daran gethan, will ich itzt nicht untersuchen. Genug daß dieses offenbar einer von den Fällen ist, wo er τ⁰ κατατεχνον

(kkk) In den Fröschen Zeile 1052 u. f.

τιχνοι της κατασκευης ganz bey Seite gesetzt hat. Das πικρον derselben, wodurch Aeschylus das Schrecken zu befördern suchte, war ohnedem seine Sache nicht.

Und nun der dritte Punkt: τριτον ηδη το της λεξεως μεταβαλλειν ειδος, οπερ εσιν ηδικωτατον και βελτιϛον. Sophokles soll den ganzen Charakter der Rede um⸗ geschaffen, und ihn, so viel möglich, sittlich und mo⸗ ralisch gut gemacht haben? Das sieht dem Sopho⸗ kles nicht ähnlich. Dazu war er zu viel Poet, und verstand seine Kunst viel zu gut! Der wahre Tragicus läßt seine Personen ihrem Affecte, ihrer Situation gemäß sprechen, und bekümmert sich nicht im gering⸗ sten darum, ob sie lehrreich und erbaulich sprechen. Aber darum bekümmerte sich Euripides wohl. Er, von dem Cicero (lll) sagt: ego certe singulos ejus versus singula ejus testimonia puto; Er, der dem Quintilian (mmm) sententiis densus, & in iis quae a sapientibus tradita

sunt,

(lll) Ep. 8. Lib. XVI. ad Famil. Es ist aber hier nicht M. T. Cicero, sondern der Bruder Quintus Cicero zu verstehen; denn in dieses Briefe an den Tiro stehen die angeführten Worte. Gyraldus irret sich also, wenn er (Dial. VII. de Poetarum historia) schreibt: Verum & noster Marcus Cicero tanti Euripidem fecisse videtur, ut ad Tironem scribens di⸗ cat &c.

(mmm) Inst. Orat. Lib. X. cap. 1.

funt, pene ipſis par heißt; Er, von dem **Theon** (nnn) ſagt: ὅτι παρα καιρον αὐτῳ Ἑκαβη φιλοσοφει. Und welche Perſon iſt bey ihm nicht ſo eine Hekuba?

Ich fürchte nicht, daß man hierwider etwas ein wenden werde. Allem Anſehen nach muß **Euripi-** des, anſtatt des **Sophokles** bey dem **Plutarch** ge- leſen werden. Aber das fürchte ich, daß man mir meine obige Frage zurück geben wird. „Wenn **Eu-** „ripides das geſagt hat, wo hat er es geſagt?„ Im- merhin; ich bin wegen der Antwort eben nicht ver- legen.

Euripides ſagt es bey dem **Ariſtophanes,** und zwar, wie man leicht vermuthen kann, in den Frö- ſchen. — Man kennet den komiſchen Streit, den Ae- ſchylus und **Euripides** daſelbſt vor dem **Bacchus** halten. Und hier iſt die Stelle daraus, die **Plu-** tarch, wie ich glaube, vornehmlich in Gedanken ge- habt hat. **Euripides** ſagt zu ſeinem Gegner (ooo):

Ἀλλ' ὡς παριλαβον την τεχνην παρα σε, τοπρωτον
        μεν ἰυθυς

Οιδυσαν ὑπο κομπασματων, και ῥηματων ἐπαχθων.

                    E   Ἰσχνανα

Ἰσχναινα μεν πρωτιστον αὐτην, καὶ το βαρος ἀφειλον·
Ἐπυλλιοις, καὶ περιπατοις, καὶ τευτλιοισι μικροις,

Χυλον διδους ςωμυλματων, ἀπο βιβλιων, ἀπ᾽ ηθων.

Was iſt hier die erſte Verbeſſerung, die ſich Euripides in der tragiſchen Dichtkunſt, ſo wie er ſie von
dem Aeſchylus überkommen, gemacht zu haben rühmet? Iſt es nicht eben die, deren ſich Sophokles
bey dem Plutarch rühmet? Die Abſchaffung des
Schwulſts. Und man kann auf das eigentlichſte ſagen,
daß Euripides hier über dieſen Schwulſt ſpotte;
τον Αισχυλου διαπεπαιχως ὀγκον. Ariſtophanes läßt
ihn ferner ſehr luſtig vorgeben, daß er dieſen Schwulſt
durch ſchöne Sprüchelchen, durch philoſophiſche Diſpu-
tationes, durch Mangold und Beete vertrieben habe;
und was iſt dieſes, beſonders wenn man den Saft
aus den Sittenbüchern, χυλον ἀπο βιβλιων, ἀπ᾽
ηθων, dazu nimmt, was iſt dieſes anders, als des
Plutarchs ειδος ηθικωτατον και βελτιςον της λεξεως?
Er ſcheinet ſogar des Ariſtophanes Worte geborgt
zu haben; denn ſo wie hier das ηθικωτατον von ἀπ᾽
ηθων entlehnt zu ſeyn ſcheinet (ppp), ſo iſt das βελτιςον

aus

(ppp) Wegen dieſer Aehnlichkeit möchte ich auch nicht die Lesart
annehmen, die in dieſer Stelle des Ariſtophanes aus
ἀπ᾽

aus einer andern Zeile, die nicht weit davon stehet, genommen. Aeschylus fragt nehmlich den Euripides (qqq)

— Τινος ὑνεκα χρη θαυμαζειν ἀιδρα ποιητην;

und dieser antwortet ihm:

Δεξιοτητος και νυθεσιας, ὁτι βελτιυς ποιυμιν

Τυς ἀνθρωπυς ἐν ταις πολισιν.

Die Stelle übrigens, wo Euripides von dem Aeschylus beschuldiget wird, daß er das Anständige in der Auszierung mit Fleiß verabsäumet habe, ist aus eben diesem Auftritte der Frösche. Ich habe sie bereits angeführet, und kann die nähere Vergleichung dem Leser überlassen.

(I)

Sein erstes Trauerspiel fällt in die sieben und siebzigste Olympias.) Und hierinn, sage ich, kommen Eusebius und Plutarch überein. Σοφοκλης τραγῳδοτιος πρωτον ἐπιδειξατο· merkt jener unter dem zweyten Jahre dieser Olympias ausdrück-

E 2   lich

ἀπ᾽ ἠθων ein einziges Wort ἀπηθων (percolans) macht, ob sie gleich den Euſtachius zum Währmanne hat. Man sehe den Bifetus über den 974ten Vers.

(qqq) Zeile 1040. u. f.

lich an (rrr). Die lateinische Ueberſetzung des Hie⸗ ronymus bringt den nehmlichen Umſtand unter dem erſten Jahre bey: Sophocles Tragoediarum scriptor primum ingenii sui opera publicavit. Sophokles wäre alſo vier oder fünf und zwanzig Jahr alt geweſen, da er ſich als einen tragiſchen Dichter zuerſt bekannt machte. Und in dieſem Vorgeben iſt nichts, was der Natur der Sache widerſpräche. — Aber nun das Zeugniß des Plutarchs. — Das Orakel hatte den Athenienſern befohlen, die Gebeine des Theſeus in ihre Stadt zu bringen, und ihn als einen Halbgott zu verehren. Theſeus lag auf Scyros begraben. Als nun Cimon dieſe Inſel erobert hatte, ließ er ſein erſtes ſeyn, das Begräbniß dieſes alten athenienſiſchen Königs aufzuſuchen, und dem Orakel gemäß damit zu verfahren. Dieſes erzehlt Plutarch in dem Leben des Cimon und fährt fort: Εφ' ᾧ και μαλιϛα προς αυτον ἡδιως ὁ δημος ἐϛχιν· ἐϑειτο δ' ἱς μνημην αυτȣ και την των τραγῳδων κρισιν ονομαϛην γενομινην. Πρω⸗ την γαρ διδασκαλιαν τȣ Σοφοκλεȣϛ ἐτι νȣκ καϑεντος, Αφεψιων ὁ ἀρχων, φιλονεικιας ȣϛης και παραταξεως των ϑιατων, κριτας μεν ȣκ ἐκληρωϛε τȣ ἀγωνος· ὡς δε Κι⸗

μων

(rrr) Seite 167 des griechiſchen Textes, benannter Ausgabe.

μων μετα των συρατηγων προελθων εις το θεατρον
εποιησατο τω θεω τας νεομισμενας σπονδας, εκ αφηκεν
αυτες απελθειν, αλλ' ορκωσας, ηναγκασε καθισαι και
κριναι δεκα οντας, απο φυλης μιας εκατον. Jch füge
hiervon die Uebersetzung des Herrn Kind bey, weil
ich in der Folge verschiedenes darwider zu erinnern haben möchte: „Das Volk gewann ihn deswegen sehr
„lieb, und stellte zum Andenken dieser Begebenheit
„den bekannten Wettstreit unter den Tragödienspie-
„lern an, unter denen sich auch Sophokles befand,
„der damals noch jung war, und dabey sein erstes
„Trauerspiel aufführte. Aphepsion der Archon ge-
„trauete sich nicht, die Richter zu ernennen, die dem
„geschicktesten Dichter den Preis zuerkennen sollten,
„weil er sahe, daß die Zuschauer bald für diesen, bald
„für jenen eingenommen waren, und einige diesem,
„andere jenem den Preis zuerkannt wissen wollten.
„Er lies deswegen den Cimon, der auf den Schau-
„platz kam, und dem Gott und Vorsteher dieser Spiele
„das gewöhnliche Trankopfer brachte, mit seinen Un-
„terfeldherren nicht eher weggehen, sondern nöthigte
„sie, daß sie nach geleistetem Eide die zehn Richter
„werden, und den Ausspruch thun mußten, zumal

„da

„da jeder diefer Feldherren aus einer der zehn Zünfte „war." — In diefer Stelle find zwey Data, aus welchen die Epoche des erften Trauerfpiels unfers Dichters beftimmt werden muß. Das eine: Aphe= pfion war Archon. Das andere: Cimon war von feinem Kriegszuge wider Scyros zurückgekommen. Aber diefe beiden Data follen fich widerfprechen. So urtheilet wenigftens Samuel Petit, deffen Critik ich anführen muß (sss): Corruptum eft Praetoris Athe- nienfis nomen. Aphepfion Archon fignavit Faftos anni tertii Olympiadis feptuagefimae quartae. At vero, five natales Sophoclis adfcribamus fecundo anno Olympiadis feptuagefimac primae, ut pleraque veterum auctorum pars e vero, ut nobis quidem videtur, fcriptum reliquit, qui annus Praetorem habuit Philippum, five anno tertio Olympiadis feptuagefimae tertiae, ut alii volunt, per aetatem fabulas docere non potuit Sophocles. Anno primo Olympiadis feptuagefimae feptimae primum drama a Sophocle commiffum fuiffe narrat Eufebius. Quod fi Plutarchum verbis laudatis audimus, ut certe audien- dus eft, & affenfum meretur, dicemus Sophoclem pri- mum fuum drama in fcenam protuliffe anno tertio Olym-

piadis

(sss) Mifcellaneorum lib. III. cap. 18.

piadis feptuagefimae feptimae, Demotione Athenis Prae-
tore. Eo enim anno a Cimone ftatuta funt de victis
Perfis tropaea, ut fcribit Diodorus Siculus: a Cimone
vero ex hoc bello reduci, ut narrat Plutarchus, caete-
risque ftrategis, judicium redditum eft de Tragicorum
Poetarum victoria, fabula tunc primum docente Sophocle. Itaque apud Plutarchum ἀντι τυ Αφιψιων fcriben-
dum eft Διμοτιων, aut quod verius puto, legendum eft
ἀιιψιος ὁ Αρχων. Nomen Archontis non adfcribit
Plutarchus, fed dicit eum fuiffe Sophoclis confobrinum,
qui ne videretur aliquid in Sophoclis gratiam comminifci,
noluit judices fortito capere, fed forte oblatos decem
ftrategos dedit: & eruditus aliquis librarius, qui puta-
bat defiderari Archontis nomen, & meminerat Aphe-
pfionem circa illa tempora fuiffe Athenis praetorem, mu-
tavit ἀιιψιος in Αφιψιων. Diefe Critik ift fo feichte, fo
nüchtern, und ich habe fo viel darwider zu erinnern,
daß ich kaum weis, wo ich anfangen foll. Petit will
den Namen des Archon durchaus verändert wiffen.
Warum? Weil in dem Jahre, da Aphepfion Archon
gewefen, Sophokles Alters wegen noch kein Trauer-
fpiel aufführen können; und weil der gedachte Kriegszug des Cimon nichts weniger als in diefes Jahr

falle,

falle. — Ich will diese Gründe vors erste gelten lassen. Gut; was also? — Folglich müsse entweder anstatt Aphepsion, Demotion gelesen werden, oder, welches am wahrscheinlichsten sey, Plutarch habe den Archon gar nicht namentlich nennen wollen, sondern bloß geschrieben ἀνεψιος ὁ ἀρχων, „der Archon, welcher „mit dem Sophokles Geschwisterkind war.“ (ttt) — Ich betrachte also dieses Wahrscheinlichste zuerst. Deswegen, weil der Archon mit dem Sophokles verwandt ist, deswegen will er die Richter nicht durch das Looß ernennen lassen? So war das Looß nicht die unpartheyischste Art der Wahl? So hätte es der Archon, zum Besten seines Vetters lenken können, wie er gewollt hätte? Er nöthigte die zehn Feldherren, den Ausspruch zu thun. Mit diesen also konnte er nichts abgeredet, diese konnte er nicht bestochen haben? Aber er lies sie schwören. Was thut das? Auch die welche durch das Looß wären ernennet worden, hätten

vorher

(ttt) Ich gebe dem Worte ἀνεψιος hier noch die leidlichste Bedeutung. Denn eigentlich ist es so viel als Neffe, des Bruders oder der Schwester Kind. Und einen Archon in diesem Verstande zum ἀνεψιος eines jungen Menschen von vier und zwanzig Jahren zu machen, würde eine große Ungereimtheit seyn.

vorher ſchwören müſſen, nach ihrem beſten Wiſſen
und Gewiſſen zu urtheilen. Denn dieſen Schwur
mußten zu Athen alle und jede Richter, ohne Aus-
nahme, thun. Ganz gewiß hätte ſich alſo der Archon,
wenn er des Sophokles Anverwandter geweſen wäre,
eben durch dieſes ungewöhnliche neue Verfahren un-
endlich verdächtiger gemacht, als wenn er es bey dem
Alten gelaſſen hätte. Endlich leſe man doch nur einen
Augenblick ſo, wie Petit will geleſen haben: Πρωτην
γαρ διδασκαλιαν τυ Σοφοκλευς ετι νευ καθιτος, ανε-
ψιος ὁ αρχων — κριτας μεν ὑκ εκληρωσε τυ αγωνος·
und ſage, ob ein Schriftſteller, der ſich der Genauig-
keit nur im geringſten befleißiget, ſo ſchreiben würde?
„Denn da der junge Sophokles ſein erſtes Stück
„dabey aufführte, ſo wollte der Vetter Archon ꝛc.“
Weſſen Vetter? Wenigſtens würde das Pronomen
relativum fehlen; wenn es der Schriftſteller nicht
gar für nöthig erachtet hätte, ſich lieber ſo auszudrü-
cken: „ſo wollte der Archon, der‘, oder weil er ſein
„Vetter war ꝛc.“ — Nichts kann deutlicher ſeyn; und
ſo wende ich mich zu der andern vorgeſchlagnen Veränderung. Wir ſollen anſtatt Aphepſion, Demotion leſen, weil jener glückliche Kriegszug des Cimon

in

in das Jahr dieses Archon fällt. Aber auch hier ver=
miſſe ich die Ueberlegung des Criticus. Ich will es
zeigen. Diodorus Siculus, auf welchen er ſich
beruft, erzehlet von den Thaten des Cimons, die er
in dem dritten Jahre der ſieben und ſiebzigſten
Olympias, als Demotion Archon geweſen, verrich=
tet, folgendes: Cimon ſey gegen die Küſten von
Aſien ausgeſchickt worden, um den bundesverwandten
Städten, ſo viel deren die Perſer noch inne hatten,
beyzuſpringen. Er habe ſeinen Lauf nach Byzanz
gerichtet, Eion erobert, und Scyros eingenommen.
Durch dieſen glücklichen Anfang zu größern Dingen
ermuntert, ſey er wieder zurück geſegelt, und habe
mehr Schiffe zu ſich genommen, mit welchen er nach
der Küſte von Karien ausgelauffen. Nachdem er
hier und in Lycien den Perſern alles wieder abgenom=
men, habe er erfahren, daß die feindliche Flotte bey
Cyprus vor Anker liege. Er habe ſie angegriffen,
und den größten Theil davon zu Grunde gerichtet,
oder genommen. Hierauf ſey er auf ihre Landmacht
losgegangen, die ſich an dem Eurymedon in Pam=
phylien gelagert gehabt. Er habe ſeine Truppen mit
Liſt aus Land geſetzet, die Feinde zur Nachtzeit über=
fallen,

fallen, und ein erschreckliches Blutbad unter ihnen
angerichtet. Τῃ δ᾽ ὑσεραια, fügt der Geschichtschrei-
ber hinzu (uuu), τροπαιον σησαντες, ανεπλευσαν ιις
την Κυπρον. Und das sind die Tropäen, deren Petit
gedenket. Allein diese Tropäen ließ Cimon auf der
Küste von Pamphylien errichten, und nicht zu
Athen. Ja er kann schwerlich in dem nehmlichen
Jahre wieder nach Athen zurückgekommen seyn; denn
die Wege sind zu weit, und der Thaten sind zu viel.
Folglich kann auch der tragische Wettstreit in diesem
Jahre nicht vorgefallen seyn; man müßte denn annehmen wollen, daß er eben zu der Zeit vorgefallen sey,
da Cimon von Scyros, um sich zu verstärken, auf
kurze Zeit wieder nach Hause kam. Doch auch dieses
ist nicht wahrscheinlich; denn da Diodorus von dieser kurzen Rückreise nur sagt: κατεπλευσεν ιις τον Πι-
ραια· so scheinet es nicht, daß er sich in der Stadt
viel zu thun gemacht habe, die diesem Hafen so gar
nahe ohnedem nicht war; wenigstens würde er schwerlich mit allen seinen Nebenbefehlshabern (μιτα των
συςρατηγων) in die Stadt gekommen seyn, welcher
Umstand nur auf einen völlig geendigten Kriegszug zu
passen

(uuu) Bibl. Hiſt. lib. XI. p. 47. Edit. Rhodom.

paſſen ſcheinet. Und was folgt aus alle dem? Dieſes,
daß **Petit** nicht dieſes Jahr des **Demotion** zu der
Epoche des erſten Sophokleiſchen Trauerſpiels hätte
machen ſollen; daß er ohne Zweifel beſſer gethan hätte,
wenn er das gleich darauf folgende vierte Jahr der
ſieben und ſiebzigſten Olympias dafür angenommen
hätte. Denn der Archon dieſes gleich darauf folgenden Jahres heißt bey dem **Diodorus**, **Phädon**;
und wäre es nicht ungleich wahrſcheinlicher, daß die Ab-
ſchreiber in der Stelle des **Plutarchs**, Αφιψιων aus
Φαιδων, als aus Διμοτιων gemacht hätten? Der Augenſchein giebt es. Doch ich habe noch einen ſtärkern
Grund als dieſen Augenſchein. **Plutarch** ſelbſt
macht an einem andern Orte, wo er der Zurückbrin-
gung der Gebeine des **Theſeus** wieder gedenket, den
Phädon zum damaligen Archon. Nehmlich in dem
Leben dieſes Helden ſelbſt: Μετα δι τα Μηδικα, ſchreibt
er gegen das Ende deſſelben, Φαιδωνος ἀρχοντος μαρ-
τυρομειοις τοις Αθηναιοις ἀνειλεν ἡ Πυθια τα Θησεως
ἀναλαβειν ὁσα, και θιμενης ἐντιμως παρ ἀυτοις φυλατ-
τειν κ. τ. λ. Nun weis ich zwar wohl, daß die Ueberſetzer und Ausleger hier einen ganz andern **Phädon**
wolten verſtanden wiſſen; nicht den **Phädon**, der in
dem

dem vierten Jahre der sieben und siebzigsten Olym=
pias Archon war; sondern den **Phädon**, der diese
Würde in dem ersten Jahre der sechs und siebzig=
sten bekleidete. Allein ich kann mit ihnen aus folgen=
den Gründen nicht einig seyn. Erstlich sagt Plu=
tarch ausdrücklich μιτα τα Μηδικα „nach den Persi=
schen Kriegen." Waren denn aber die persischen Krie=
ge unter dem **Phädon** der sechs und siebzigsten
Olympias zu Ende? Ja, sagen die Ausleger, und
unter diesen besonders Herr **Kind**, „denn drey Jahr
„vorher hatten die Griechen unter Anführung des
„**Pausanias** bey **Platea** einen völligen Sieg über die
„Perser erhalten, und diesem Kriege ein Ende ge=
„macht." Ein Ende gemacht? Eine offenbare Un=
wahrheit. Durch diesen herrlichen Sieg ward zwar
Griechenland von den Persern befreyet; aber der
Krieg war darum noch nicht aus. Die größte Gefahr
war nur vorüber; sie hatten sich den feindlichen Dolch
nur von dem Herze entwehret. Noch hatten die Per=
ser in **Thracien**, an der Küste Asiens von Jonien bis
Pamphylien, auf vielen Inseln des Aegeischen Mee=
res, festen Fuß; noch waren sie da immer stark genug,
so bald sich das Kriegsglück im geringsten für sie er=

klärte,

klärte, Griechenland aufs neue zu überschwemmen; noch hatte Xerxes seinen erstlichen Vorsatz, sich diesen Sitz der Freyheit zu unterwerffen, nicht aufgegeben. Kurz, nur der Friede macht dem Kriege ein Ende; und zu dem Frieden ward Xerxes nur erst gegen das Ende der sieben und siebzigsten Olympias durch den Cimon gezwungen. Plutarch selbst kennet diesen Frieden zu wohl (xxx), als daß man ihn im Verdacht

(xxx) In dem Leben Cimons. Ich will die Stelle anführen, um bey dieser Gelegenheit einen Fehler des deutschen Uebersetzers zu verbessern. Τϗτο το εργον, nehmlich der dreyfache Sieg des Cimon, ϗτως εταπεινωσε την γνωμην τϗ βασιλεως, ωςε συντιθεσθαι την περιβοητον ειρηνην εκεινην, ιππϗ μεν δρομον αει της Ελληνικης απεχειν θαλασσης, ενδον δε Κυανεων και Χελιδονιων μακρα νηι και χαλκεμβολω μη πλειιν. Dieses übersetzt Herr Kind: „Diese That demüthigte den „Stolz des persischen Königs so sehr, daß er den bekann„ten Frieden einging, vermöge dessen er sich allezeit ein „Stadium, oder einen Roßlauf, weit vom griechischen „Meere entfernt halten mußte, und sich niemals mit einem „Kriegesschiffe dießseit der kyaneischen und chelidonischen In„seln sehen lassen durfte.“ Ιππϗ δρομον hat Herr Kind hier für ιπποδρομον angesehen, welches letztere den Ort, wo die Wettläuffe der Pferde gehalten wurden, und die Weite des Raums, den die Pferde dabey durchlauffen mußten,

Verdacht haben könne, mit seinem μετα τα Μηδικα nicht darauf gezielet zu haben. Zwar begeht er noch immer in der gegenwärtigen Stelle eine kleine Unrichtigkeit; nehmlich diese, daß er vorgiebt, das Orakel habe es den Athenienſern unter dem **Phädon,** welcher nach den Perſiſchen Kriegen Archon war, erſt befohlen, die Gebeine des **Theſeus** in die Stadt zu bringen: da doch **Cimon** bereits unter der Regierung des

ten, bedeutet. Er giebt dieſe Weite für ein Stadium. Iſt es aber im geringſten wahrſcheinlich, daß Cimon nur eine ſo geringe Entfernung von dem Meere ſollte verlangt haben? Was iſt denn ein Stadium? Mit einem Worte, es iſt hier nicht die Weite zu verſtehen, die ein Pferd in einem Striche zu durchrennen fähig iſt, ſondern die Weite, die es in einem Tage zurücklegen kann. Und das iſt kein geringer Unterſchied. Auſſer daß die Beſchaffenheit der Sache ſelbſt meine Auslegung erfordert, kann ich ſie auch noch aus einer Stelle bey dem Suidas rechtfertigen, wo der Compilator des beſagten Friedensſchluſſes mit dieſen Worten gedenkt: Ουτος, Cimon nehmlich, εταξε και τας οχας τοις βαρβαροις· εκτος δε γαρ Κυανεων και Χελιδονεων, και Φασηλιδος (πολις δε αυτη της Παμφυλιας) ναυν Μηδικην μη πλειν νομω πολεμε· μηδε ιππε δρομον ημερας εντος επι θαλαττης καταβαινειν βασιλεα. Innerhalb einem Tage: ημερας εντος. Ich kann nicht ſagen, welchen alten Schriftſteller der Sammler

des vorhergehenden Archons darnach aus war. Allein
ist es nicht besser, daß man ihn lieber diese kleine Unrichtigkeit, diese Verwechselung der Zeit des Befehls
mit der Zeit der Vollendung des Befehls, begehen
läßt; als daß man glauben müßte, er habe eben so
schlecht gedacht, als der Griechische Pöbel, zu den
Zeiten dieses Krieges selbst, dachte, der von gar keinen Feldzügen mehr wissen wollte, so bald die Barba-
ren Griechenland geräumt hatten: ἀπαγορευοντες προς
τας ϛρατειας, και πολεμε μεν εδεν διομενοι, γεωργειν
δε και ζην καθ᾽ ἡσυχιαν επιθυμεντες, ἀπηλλαγμενων
των

ler hier ausgeschrieben hat; Küster muß es auch nicht gewußt haben. Daß er aber eine vollständigere Nachricht
vor sich gehabt hat, als Plutarch, sieht man aus den Zu-
sätzen, des einen Tages, der Stadt Phaselis, und endlich
noch einer besondern Bedingung, αυτονομες ειναι τες
Ελληνας τες εν τη Ασια, der Plutarch gar nicht gedenkt,
ob sich gleich ohne Zweifel die allerwichtigste war. Plutarch
beruft sich auf die Ψηφισματα, ἁ συνηγαγε Κρατε-
ρος, wo dieser ganze Friedenstractat mit vorkomme: vielleicht also, daß diese Sammlung des Kraterus zu des
Suidas Zeiten noch vorhanden war. Wenigstens ist Diodorus Siculus, der dieses Friedensschlusses gleichfalls gedenket, ihn aber verschiedene Jahre später setzt (Bibliotheca
Hist. Lib. XII. p. 74. Edit. Rhodom.) eben so wenig seine
Quelle gewesen, als Plutarch.

των βαρβαρων και μη διοχλανται (yyy). Und zwey
tens. Wenn Apollo, ſchon zum Anfange der ſechs
und ſiebzigſten Olympias, den Athenienſern jenen
Befehl gegeben hätte, iſt es im geringſten wahrſchein
lich, daß ſie denſelben nicht eher als gegen das Ende
der folgenden Olympias, ſollten vollzogen haben?
Schwerlich konnte dieſe Verzögerung mit ihrer Reli
gion beſtehen; unmöglich konnte ſie mit ihrer damali
gen Noth beſtehen. Denn die Peſt wüthete in Athen,
und das Orakel hatte ausdrücklich hinzugefügt: ἐν
ἐιναι των παθηματων λυσιν, πριν αν τοις Αθηναιοις κα
ταταθνηκως ὁ Θησευς συνοικισθιη (zzz).

Aber wie nun? So iſt das meine ganze Critik wi
der den Petit? Ich gebe es alſo zu, daß Aphepſion
in der Stelle des Plutarchs ein Schreibfehler iſt, und
will ihn nur in Phädon, nicht aber in Demotion
verändert wiſſen? Nein. Sondern der ganze Einfall
des

(yyy) Plutarch im Leben Cimons.
(zzz) Nach dem Zeugniſſe des Aeneas Gazäus. Meurſius führt
die Stelle in ſeinem Theſeus an (Cap. XXXI); doch ohne
einen weitern Gebrauch davon zu machen, als daß er den
Scholiaſten des Ariſtophanes daraus verbeſſert, welcher
nicht Peſt, ſondern Hungersnoth damals zu Athen ſeyn
läßt.

F

des Petit taugt nichts; er sieht Fehler, wo keine sind;
er will verbessern, wo nichts zu verbessern ist. Und
das aus einer Unwissenheit, die einem Gelehrten von
seiner Gattung kaum zu vergeben ist. Dieses ist mei=
ne Haupterinnerung wider ihn; und die Sache ver=
hält sich so. Es ist falsch, wenn er glaubt, daß man
sonst keinen Archon, Namens Aphepsion, finde,
als den, welcher in dem dritten Jahre der vier und
siebzigsten Olympias regiert habe. Dieser Name
kömmt in dem Verzeichnisse der Archonten allerdings
noch einmal vor; und zwar kömmt er zu eben der Zeit
wieder vor, in welche des Cimons Eroberung der
Insel Scyros fällt. Mit einem Worte: der Archon
des so oft gedachten vierten Jahres der sieben und
siebzigsten Olympias, wird von den alten Schrift=
stellern eben so oft, wo nicht noch öfter, Aphepsion,
als Phädon genennet. Phädon nennen ihn Dio=
dorus Siculus, Dionysius Halicarnasseus, und
der Ungenannte in seinem Verzeichnisse der Olympia=
den. Aphepsion hingegen nennen ihn die Arun=
delschen Marmor (a), Apollodorus, und der die=

sen

(a) Oder, welches einerley ist, Apsephion; in der 72 Linie, so
wie sie Jacobus Palmerius in seinen Exercitationibus.
abdrucken lassen.

sen anführt, Diogenes Laertius. Der letztere
kömmt auf das Geburtsjahr des Sokrates, und
sagt (b): ἐγεννήθη δὲ (καθά φησιν Ἀπολλόδωρος ἐν
τοῖς χρονικοῖς) ἐπὶ Ἀφεψίωνος, ἐν τῷ τιτάρτῳ ἔτει τῆς
ἑβδομηκοςῆς ἑβδόμης Ὀλυμπιάδος. Dieses Zeugniß ist
so ausdrücklich, und wird, da es von einem so wichtigen Denkmale, als die Arundelschen Marmor sind,
den Namen des Archons betreffend, bekräftiget wird,
so wichtig, daß ich es niemanden verargen würde, wenn
er lieber den Diodorus, den Dionysius und den
Ungenannten nach dem Laertius, als diesen nach
jenen verbessern wollte. Zum guten Glücke aber hat
man weder das eine noch das andere eben nöthig, indem der Fall möglich ist, daß beide Theile Recht haben können. Man darf nehmlich mit dem Jacobus
Palmerius (c) nur annehmen, daß einer von ihnen,
Phädon oder Aphepsion, während seiner Regie-

F 2   rung

(b) Lib. II. seg. 44. Edit. Menag. p. 107.

(c) *Exercit. p.* 452. Si alterutrum tantum verum est, prevaleret
apud me marmoris tam antiqui auctoritas. Sed inclino ad
credendum utrumque verum esse, & eodem illo anno Aphe-
psionem & Phædonem Archontas fuisse eponymos, scilicet
uno in magistratu mortuo suffectus fuit alter, & forte non
me fallit conjectura.

rung geſtorben iſt, und der andere bis zum Ablauffe
des Jahres, an des Verſtorbenen Stelle gewählet
worden. Was kann natürlicher ſeyn als dieſe Muthmaſſung? Was kann der angefochtenen Stelle des
Plutarchs beſſer zu ſtatten kommen, als ſie? Kurz;
Plutarch hat ohne Fehler den Archon des vierten
Jahres der ſieben und ſiebzigſten Olympias, in
dem Leben des Theſeus, Phädon; und in dem Leben des Cimon, Aphepſion nennen können. Das
hätte Petit wiſſen ſollen, und er würde uns das acht-
zehnte Kapitel ſeines dritten Buchs erſpart haben. —
Uebrigens bilde ich mir auf dieſe meine Critik ſo viel
eben nicht ein. Petit iſt der Mann nicht, an dem
man mit groſſen Ehren zum Ritter werden könnte;
und je mehr ich von ihm leſe, je williger ſtimme ich
dem Urtheile bey, das Küſter von ihm gefällt hat:
Criticus, ſi quisquam alius, infelix (d).

Ich habe der Arundelſchen Denkmäler gedacht,
und ich hätte gleich Anfangs erinnern ſollen, daß ſie
nicht allein in dem Namen des Archons mit dem Plutarch übereinſtimmen, ſondern auch in der Sache
ſelbſt, und ausdrücklich anmerken, daß Sophokles

unter

_____

(d) In ſeinen Noten über die Fröſche des Ariſtophanes, S. 64.

unter diesem Archon den Preis erhalten habe. Sie fügen sogar hinzu, daß er damals acht und zwanzig Jahr gewesen sey, welches mit dem oben festgesetzten Geburtsjahre unsers Dichters, genau genug überein stimmt. Aber wie stimmt es mit des **Plutarchs** τε Σοφοκλιυς ἐτι νεα überein? Wenn man sieben bis acht und zwanzig Jahre ist, ist man doch so jung nicht mehr. **Palmerius** (e), der diese Schwierigkeit gleichfalls bemerkt, meinet, man müsse vor aussetzen, daß **Plutarch** der zweyten Meinung von dem Geburthsjahre des **Sophokles** gewesen sey, welche das dritte der drey und siebzigsten Olympias dazu macht. Und nach dieser wäre der Dichter damals ohngefehr achtzehn Jahr gewesen, welches freylich jung genug ist.

Ich eile zu der Anmerkung die ich über die Stelle des **Plutarchs**, auf Veranlassung der **Kindschen** Uebersetzung, zu machen versprochen habe. Die Worte des **Plutarchs**: ἐφ᾽ ᾧ και μαλιϛα προς αὐτον ἠδεως ὁ δημος ἰσχεν· ἰθετο δ᾽ εις μνημην αὐτυ και την των τραγῳδων κρισιν ὁνομαϛην γινομενην, übersetzt **Kind** „das „Volk gewann ihn deswegen sehr lieb, und stellte zum „Andenken dieser Begebenheit den bekannten Wett- F 3 „streit

(e) **Exercit.** p. 202.

„ſtreit unter den Tragödienſpielern an.“ Wettſtreit? Κρισιν; der Fehler iſt arg. Αγων, αγωνισμα würde Wettſtreit heiſſen; aber κρισις heißt das Gericht, das Urtheil. Das ſchlimmſte iſt, daß dieſer Fehler den Plutarch ganz etwas anders ſagen läßt, als er ſagen will. Nach der Ueberſetzung ſollte man glauben, der tragiſche Wettſtreit ſelbſt, wäre damals zuerſt angeord= net worden; vorher hätten die tragiſchen Dichter nie um den Preis geſtritten; dieſer feyerliche Kampf wäre itzt zum erſtenmale, dem Cimon zu Ehren angeſtellet, und in den folgenden Zeiten zu ſeinem Gedächtniſſe beybehalten worden. Das iſt ganz falſch; die poeti= ſchen Wettſtreite waren weit älter, wie Plutarch aus einem andern Orte (f) beweiſet; und die gegenwärti= ge Begebenheit ſelbſt zeigt, daß dergleichen ſchon vor= hergegangen. Denn der Archon ging dasmal nur von der eingeführten Gewohnheit, die Richter dabey zu erkennen, ab. Und das eben, worinn er davon ab= ging, war das Neue, das man in der Folge zum An= denken des Cimons beybehielt. — Die Sache ver= dient eine nähere Erklärung. Ich ſtelle mir es ſo vor. Der dramatiſche Wettſtreit mußte nothwendig ſeine-

Richter

(f) Sympoſieon Lib. V. Quæſt. 1.

Richter haben; diese Richter wurden durch das Loos gewählet, und wie man mit ihrer Wahl bey der Komödie verfuhr, so verfuhr man auch bey der Tragödie damit. Nun eräugnete sich itzt der Fall, daß die Zuschauer ausserordentlich uneinig waren, *Φιλοτιμίας ἔσης καὶ παρατάξεως τῶν Θεατῶν*; ein junger Mensch streitet wider einen alten versuchten Mann; der Alte wird es gut machen, der Jüngling nicht schlecht; dieser muß aufgemuntert, jener nicht verdrießlich gemacht werden. Was war zu thun? Sollte die Entscheidung einer so kitzlichen Sache, die mit so vieler Hitze getrieben ward, dem Glücke überlassen werden? Das Loos hätte auf Leute fallen können, die nichts weniger als fähige Richter gewesen wären. Itzt kam es nicht blos darauf an, unpartheyische Richter zu haben; man wollte einsichtsvolle haben. Das überlegte der Archon, und das Loos unterblieb, *κριτὰς μὲν ἐκ ἐκλήρωσι τȣ ἀγῶνος.* Er dachte weiter: "hier ist Gelegenheit, dem Cimon und seinen Unterfeldherren eine Schmeicheley zu machen. Und ist es nicht besser, daß Männer von ihrer Einsicht und Würde über eine Tragödie, über die Nachahmung ihnen ähnlicher Personen in traurigen und verwickelten Umständen,

urthei‐

urtheilen, als daß es gemeine Leute aus dem Volke thun, denen das Loos zwar das Recht, aber nicht die Fähigkeit zu urtheilen geben kann? Die Feldherren sind jeder aus einem besondern Stamme; durch sie kann gleichsam das ganze Volk den Ausspruch thun. Sie werden auf das Theater kommen, um zu opfern; ich will sie dabehalten; ich will sie nöthigen; ich will sie schwören lassen; ihr Ausspruch, wird eine gewisse Feyerlichkeit dadurch erhalten; niemand wird es ungern dabey beruhen lassen; desto besser für die Dichter; desto besser für die Zuschauer." Und wie der Archon dachte, so geschah es. Die Feldherren urtheilten, und zum Andenken des **Cimon** ward nachher allezeit das Urtheil über die Tragödien auf diese Weise gefällt. — So verstehe ich wenigstens die Stelle des **Plutarch**; und es sey mir erlaubt, noch einige Erläuterungen hinzuzufügen. Wenn der Archon vor diesesmal zehn Richter wählte, und von nun an bey dem Wettstreite der tragischen Dichter, deren allezeit so viel gewählt wurden: so ist dieses der erste Unterschied, der sich zwischen den Richtern bey den tragischen, und den Richtern bey den komischen Wettstreiten numehr eräugnete. Denn der Richter bey den komischen Wettstreiten waren zu

jeder

jeder Zeit nur fünfe. Das Sprüchwort ἐν πέντε κρι-
τῶν γούνασι κεῖται ist bekannt, und Hesychius sagt ausdrücklich: τοσῦτοι τοῖς κωμικοῖς ἐκρίνον. Warum
nennte Hesychius hier bloß die komischen Dichter,
warum nicht die dramatischen Dichter überhaupt,
wenn bey den tragischen nicht eine andere Anzahl von
Richtern üblich gewesen wäre? Der zweyte Unterschied war dieser: bey den komischen Wettstreiten
konnte jeder atheniensische Bürger durch das Loos zum
Richter ernennt werden; bey den tragischen hingegen
wurden nur solche Bürger zu dem Loose zugelassen,
die mit zu Felde gewesen waren, und ansehnliche Krie-
gesbedienungen bekleidet hatten. Ἔκρινον δὲ οἱ δοκιμω-
τατοι τῶν ϛρατηγῶν sagt Plutarch, wenn er von dem
Wettstreite des Thessalus und Athenodorus, der
zwey berühmtesten tragischen Schauspieler zu den Zeiten Alexanders, redet (g). Was ich aber vornehmlich zum Behufe dieses zweyten Unterschiedes anführen
kann, ist eine Stelle in den Fröschen des Aristophanes. Aeschylus und Euripides sollen da mit einander streiten; der Chorus muntert sie auf; indem
aber fällt ihm ein, daß beide, als tragische Dichter,

F 5   sich

(g) De Fort. Alex. Orat. II. p. m. 334.

ſich) vielleicht an die gegenwärtigen Zuſchauer ſtoſſen dürften. Es ſind Zuſchauer einer Komödie, und die unter ihnen befindlichen Richter ſind bloß Richter einer Komödie. Werden dieſe auch von tragiſchen Schönheiten urtheilen können? Aber ſeyd deswegen unbeſorgt: läßt Ariſtophanes den Chor zu ihnen ſagen; Sie ſind allerdings fähig, auch Euch zu beurtheilen: Εσρατευμενοι γας εισι; denn es ſind Leute, die mit zu Felde geweſen ſind, die ihre Kriegesdienſte gethan haben. Hier iſt die ganze Stelle: (h)

Ει δι τυτο καταφοβιισθαι, μη τις αμαθια προση
Τοις θιωμειοισιν, ως τα
Λιπτα μη γνωναι λιγοιτοιι.
Μηδιν ορρωδειτι τυθ᾽ ως υκ ιτ᾽ υτω ταυτ᾽ ιχιι.
Εσρατευμινοι γας ισι·
Βιβλιον τ᾽ ιχων ικασος μανθανιι τα διξια.
Αι φυσιις δ᾽ αλλως κρατιςαι,
Νυν δι και παρηκονηται,
Μηδιν υν διισητον, αλλα
Παντ᾽ ιπιξιτον, θιατον γ᾽ υνιχ᾽, ως οντων σοφων.

Der Scholiaſt merkt hier an: Διξιυς νομιζυσι τυς ιςρατευμινυς και ιπαινυ αξιυς· τυς δι διαδιδαςκοντας

τυς

τας ςρατιιας, φιλαδους ιιναι συκοφαντας. Allein wer weiter nichts dabey denkt, als dieſes, der verſteht die Feinheit der Spötterey kaum zur Helfte. Um ſie ganz zu faſſen, erinnere man ſich des Jahres, in welchem die Fröſche aufgeführet wurden. Es war das dritte der drey und neunzigſten Olympias; das ſechs und zwanzigſte des Peloponneſiſchen Krieges. Die Athenienſer hatten in den vorhergehenden Jahren Unglück über Unglück gehabt; es gebrach' an Volk, und ſie waren gezwungen, allen Knechten und Fremd, lingen, welche Kriegesdienſte nehmen wollten, die Freyheit und das Bürgerrecht zu geben (i). Endlich waren ſie wieder einmal glücklich, und ſchlugen die feindliche Flotte bey den Arginuſiſchen Inſeln (k). Nun ſtelle man ſich vor, daß das Theater, als die

Fröſche

(i) Diodorus Siculus bey dem Anfange dieſes Jahres: Αθηναιοι δι κατα τε συνιχις ιλαττωμασι περι-πιπτοντες, ιποιησαντο πολιτας τας μιτοικας, και των αλλων ξινων τας βαλομινας συναγωνισαθαι. Lib. XIII. p. 216 Edit. Rhodom.

(k) Die Allgemeine Welthiſtorie (Th. V. S. 380) ſagt: "den "Argenuſae, einem Dhle Lesbos gegenüber" das heißt ſich von Inſeln ſehr unrichtig ausdrücken.

Frösche kurz darauf gespielt wurden, voll von dergleichen neugemachten Bürgern war, die den arginusischen
Sieg mit erfochten helffen, und itzt auf nichts mehr
stolz waren, als daß sie da sitzen durften, wo sie saffen.
Konnte sich ein Aristophanes wohl enthalten, über
solche Zuschauer ein wenig zu spotten? Er nennet
sie: (1)

— πολυν — λαων οχλον
Ου σοφιαν μυριαν καθηται·

„ein grosses Volk aus verschiednen Völkern, unter dem
„es Kenner zu Tausenden giebt. Und diese Kenner
sind noch dazu mit im Kriege gewesen! Was braucht
man mehr, um ein würdiger Richter tragischer Wettstreite zu seyn? Es ist zwar nicht lange, daß diese Her-
ren noch zu dem nichtswürdigsten, dünksten Pöbel
gehörten; aber

— — ὐκ ἐτ᾽ ὐτω ταυτ᾽ ἐχιν
Εςρατευμενοι γαρ εἰσι.

Ein Kriegszug macht alles anders. Ein Kriegszug
hat ihnen das Bürgerrecht; ein Kriegszug hat ihnen
Verstand gegeben. Doch nein; sie hatten von Natur
schon

(1) Zeile 687. 88.

schon Verstand genug; und im Kriege haben sie ihn nur mehr ausgeschliffen.

Αι Φυσις δ'αλλως κρατιςη,

Νυι δε και παρηκοηηται.

Die von Natur, nur eine Komödie hätten beurtheilen können; können nun auch eine Tragödie beurtheilen, weil sie Soldaten gewesen sind. (m)

Was

(m) Wer den Aristophanes ein wenig kennet, wird ihn hoffentlich in dieser Stelle, so wie ich sie auslege, finden. Wenn ich uns terdessen meiner Sache nicht sehr gewiß wäre, so würde mich das Ansehen eines gelehrten Mannes, der hier einen ganz andern Weg nimmt, vielleicht wankend machen. Es kömmt mir nehmlich die neueste Ausgabe unsers komischen Dichters zu Händen, welche Herr Burmann der zweyte, besorgt hat; und ich finde, daß Bergler die Worte, ιςρατευμενοι γαρ εισι, bloß durch nam exercitati sunt übersetzet. Er gehet also von der eigentlichen Bedeutung des Worts ςρατευομαι ab; ohne Zweifel weil er die feine Spötterey nicht einsah, und daher nicht begreiffen konnte, wie es im Ernste folge, daß die Zuschauer deswegen nicht mehr unwissend seyn sollten, weil sie mit im Kriege gewesen wären. Ich zweifle aber sehr, ob man ςρατευομαι in dieser figürlichen passiven Bedeutung finde, da es blos geübet werden heisse. Der Scholiast, dessen Worte ich angeführt habe, ist ausdrücklich für die eigentliche Bedeutung; ob es gleich leicht seyn kann, daß Berglern eben derselbe Scholiast verführt hat. Denn aber die nächst vorhergehenden Worte κα ετ' ητι

ταυτ'

Was die Philologen von den dramatiſchen Richtern
der alten Griechen, geſammelt haben, iſt ein ſehr we⸗
niges; und ich finde nicht, daß ein einziger den Unter⸗
ſchied

ταυτ᾽ ἐχϵι macht er folgende Gloſſe: ὡς τῶν Ἀθηναιων
προτερον ἐκ ὁμοιης γεγυμναασμενων ἐν τοις ποιη⸗
τικοις σοφισμοις. Bergler hat alſo geglaubt, daß das
folgende ἐςρατευμενοι hier durch γεγυμναςμενοι
erklärt werde; und hierinn hat er ſich wohl geirret. Ich
muß überhaupt anmerken, daß verſchiedene Stellen in den
Fröſchen aus einer genauern Kenntniß der damaligen Um⸗
ſtände in Athen weit beſſer zu erklären ſind, als es den alten
und neuern Auslegern ſie uns zu erklären gefallen hat. Kei⸗
ner, zum Exempel, hat angemerkt, daß die ganze Parabaſis
des Chors zu Ende des zwenten Aufzuges, auf die unglück⸗
lichen Befehlshaber gehet, welchen die Athenienſer den Pro⸗
ceß machten, weil ſie die Leichname der in dem Arginuſiſchen
Treffen Gebliebenen, wegen eines einfallenden Sturms, nicht
begraben laſſen können. Die vornehmſten von ihnen waren
bereits hingerichtet, und andere, denen man deſto weniger
zur Laſt legen konnte, waren ohne Zweifel für ατιμοι,
für unehrlich erkläret worden. Dieſer Unehrlichen nun,
nimmt ſich Ariſtophanes hier beſonders an. Wenn man
das weiß, ſo wird man ſich nicht lange beſinnen, wie eine
zweifelhafte Stelle des Scholiaſten daſelbſt eigentlich zu leſen
ſen. Ariſtophanes gedenkt nehmlich eines gewiſſen Phry⸗
nichus, dem er das Unglück der gedachten Befehlshaber zu⸗
zuſchreiben ſcheinet. Die Scholiaſten können ſich nicht ver⸗
gleichen was für ein Phrynichus hier gemeinet ſen. Einer
von

schied zwischen den komischen und tragischen, auch nur vermuthet habe (n). Man wird also zufrieden seyn müssen, wenn ich ihn nur einigermaſſen erhärtet und ins Licht geſetzt habe. Genug, daß ich gegen den Herrn Rind Recht behalte, und daß τῶν τραγῳδῶν κρισις nicht ein Wettſtreit unter Tragödienſpielern, ſondern

von ihnen aber ſagt: ἐγενετο δε ϛρατηγος, ἐφ᾽ ὡ πολλοι ἡμαρτον τῶν τραγικων, και ἀτιμοι ἐγενοντο. Nun hat Suidas an zwey verſchiednen Orten dieſe Stelle des Scholiaſten ausgeſchrieben; unter Φρυνιχος nehmlich und unter παλαισμα. Allein unter Φρυνιχος hat er anſtatt τραγικων, ϛρατηγων geleſen. Welches von beiden iſt nun richtig? Ganz gewiß das letztere. Denn wer hat je, mals von tragiſchen Dichtern gehöret, die unehrlich gewor, den wären? Was konnten tragiſche Dichter begehen, dieſe Strafe zu verdienen? Wenn es noch komiſche geweſen wären. Aber unglücklicher Feldherren gedenkt die Geſchichte wohl, die damals zum Theil in noch härtere Strafe fielen. Gleich, wohl erkläret ſich Küſter in ſeiner Ausgabe des Suidas für τραγικων; und in ſeiner Ausgabe des Ariſtophanes iſt er wenigſtens unſchlüſig, für welches von beiden er ſich erklären ſoll. Und das bloß, wie ich gewiß glaube, weil ihm der obige hiſtoriſche Umſtand von den unglücklichen Feldherren nicht beygefallen iſt.

(α) Joan a Brower de Polymathia. cap. XVI. Voſſius Inſtitution. Poet. lib. II. cap. 12. Idem de Imitatione cap. 11. F. Zeppolini Comment. in Horatium cap. 29 & 43.

sondern der Ausspruch, das Gericht bey einem solchen Wettstreite heisset, und daß dieses, nicht jener, zum
Andenken des Cimons eingeführet und beybehalten
worden. Herr Kind übersetzt ferner, κριτας μεν ὐκ
ἐκληρωσι durch, er getraute sich nicht, die Richter
zu ernennen. Getraute sich nicht? Ja freylich, wenn
er sie hätte ernennen müssen. Aber ernennt man
die, über die man das Loos wirft? Ουκ ἀφηκεν ἀυτυς
ἀπελθειν, ἀλλ᾽ ὁρκωσας, ἠναγκασι καθισαι και κριται,
δικα ὀντας, ἀπω φυλης μιας ἑκαςον heißt ihm: er ließ
sie nicht wieder weggehen, sondern nöthigte sie,
daß sie nach geleistetem Eide die zehn Richter
werden und den Ausspruch thun mußten, zu-
mahl da jeder dieser Feldherren aus einer der
zehn Zünfte war. Daß sie die zehn Richter werden mußten? So waren schon vorher der tragischen
Richter zehne? So wäre ja meine obige Erklärung
unrichtig? Aber zum Glück, daß es Plutarch nicht
sagt; daß es Herr Kind auch sonst nicht erweisen kann.
Der Umstand δικα ὀντας, war nicht ein Umstand, ohne
welchem sie nicht die Richter hätten werden können;
sondern ein neuer Umstand, den man in der Folge zum
Andenken dieser Begebenheit, um so viel lieber beybehielt,

hielt, je anſehnlicher das Gerichte dadurch ward. Καθισαι ſtehet hier auch nicht ſo gar vergebens, daß es der Ueberſetzer hätte auslaſſen ſollen. Denn wie Pollux ſagt (o): τοις μεν μυσικοις (αγωσι) κριται καθηνται, τοις δε γυμνικοις εφεσασι.

Noch kann ich die Stelle des Plutarchs nicht verlaſſen. Ich habe oben (Seite 53.) einen hiſtoriſchen Beweis verſprochen, daß Aeſchylus des Sophokles Lehrmeiſter nicht geweſen ſey; und auf dieſe Stelle eben gründe ich ihn. Hier ſtreiten Aeſchylus und Sophokles mit einander; Sophokles, wie Plutarch weiter meldet, ſiegt; und Aeſchylus wird ſo ungehalten darüber, daß er Athen verläßt. Wäre nun hier gar der Lehrmeiſter von ſeinem Schüler, durch den erſten Verſuch ſeines Schülers, überwunden worden, würde das nicht ein Umſtand geweſen ſeyn, der die Begebenheit ungleich merkwürdiger, der den Sieg des Sophokles ungleich größer gemacht hätte? Und würde ihn Plutarch wohl anzumerken vergeſſen haben? Aber er ſagt nichts davon, und ſein Stillſchweigen wird zu einem Beweiſe des Gegentheils.

G   Hier

(o) Lib. III. cap. 30. p. m. 341.

Hier ſollte ich dieſe Anmerkung ſchlieſſen. Doch ich habe ihr noch einen wichtigen Zuſatz zu geben, den ich in dem Texte nicht verſprochen habe. Das einſtimmige Zeugniß des **Plutarchs** und **Euſebius** wird durch ein drittes beſtätiget, das, ſo viel ich weis, zu dieſem Zwecke noch von niemanden angeführet worden. Ich meine eine Stelle bey dem ältern **Plinius**. Er redet, in dem achtzehnten Buche ſeiner Naturgeſchichte (p), von der verſchiednen Güte des Getreides in verſchiednen Ländern, und ſchließt: Hæ fuere ſententiæ Alexandro magno regnante, cum clariſſima fuit Græcia, atque in toto terrarum orbe potentiſſima; ita tamen ut ante mortem ejus annis fere CXLV Sophocles poeta, in fabula Triptolemo, frumentum Italicum ante cuncta laudaverit, ad verbum translata ſententia:

Et fortunatam Italiam frumento canêre candido. Nun iſt zwar hier nicht ausdrücklich von dem erſten Trauerſpiele unſers Dichters die Rede; allein es ſtimmet die Epoche deſſelben mit der Zeit, in welche **Plinius** den **Triptolemus** ſetzet, ſo genau überein, daß man nicht wohl anders als dieſen **Triptolemus** ſelbſt für das erſte Trauerſpiel des **Sophokles** erkennen kann.

(p) Sect. 11. T. II. Edit. Hard. p. 107.

kann. Die Berechnung iſt gleich geſchehen. Alexander ſtarb in der hundert und vierzehnten Olympias; hundert und fünf und vierzig Jahre betragen ſechs und dreyßig Olympiaden und ein Jahr; und dieſe Summe von jener, abgerechnet, giebt ſieben und ſiebzig. In die ſieben und ſiebzigſte Olympias fällt alſo der Triptolemus des Sophokles (q); und da in eben dieſe Olympias, und zwar in das letzte Jahr, wie wir geſehen haben, auch das erſte Trauerſpiel deſſelben fällt: ſo iſt der Schluß ganz natürlich, daß beide Trauerſpiele eines ſind.

So ungezwungen ſich dieſes ergiebt, ſo ſehr hat mich die Anmerkung befremdet, welche Harduin über die Stelle des Plinius macht. Er ſchreibt nehmlich: Egit ergo Sophocles eam fabulam Olymp. LXXXVIII anno quarto, ætatis ſuæ viceſimo, ſi Suidæ credimus. Obiit enim Alexander Olymp. CXX. anno primo, Olympiadibus Pliniano calculo computatis, Urbis conditæ 442. Vors erſte weis ich nicht, wie Harduin ſagen kann, Alexander ſey in der hundert und zwanzigſten

G 2   Olym

(q) Fabricius macht in dem Verzeichniſſe der verlornen Trauerſpiele des Sophokles, unter Τριπτολιμος eben dieſe Berechnung, aber ohne im geringſten für das erſte Trauerſpiel deſſelben etwas daraus zu ſchlieſſen.

Olympias geſtorben; da Joſephus (r) ausdrücklich
ſagt: Αλιξανδρον τι τιθναιαι παντις ομολογνσι ιπι της
ικατοςης τισσιρισκαδικατης Ολυμπιαδος. Vors zwey:
te würden hundert und fünf und vierzig Jahre,
von der hundert und zwanzigſten Olympias zurück:
gerechnet, nicht die acht und achtzigſte ſondern die
drey und achtzigſte Olympias geben. Vors dritte
würde Sophokles in der acht und achtzigſten
Olympias, nach dem Suidas nicht zwanzig, ſon:
dern einige ſechzig Jahre geweſen ſeyn; denn nach
dem Suidas iſt er in dem dritten Jahre der drey
und ſiebzigſten Olympias gebohren. Und man glau:
be ja nicht, daß alle dieſe Unrichtigkeiten vielleicht mit
der beſondern Berechnung des Plinius (Pliniano calculo) beſtehen könnten. Dieſe beſondere Berechnung
des Plinius betrift blos das Jahr nach Erbauung der
Stadt Rom, welches ihn Harduin in das vierte der
neunten Olympias ſetzen läßt, anſtatt daß es nach
der gemeinen Rechnung in das vierte der ſechſten
fällt. Wenn alſo in der Anmerkung des Harduins
nicht alle Zahlen verdruckt ſind, ſo muß er gar nicht
nachgeſchlagen, gar nicht gerechnet haben.

Die

Die Anmerkung welche der Pater über das Trauer=
spiel selbst macht, ist nicht minder seltsam: In ea fabula,
sagt er, Ceres Triptolemum edocet, quantum terrarum
necesse sit peragrari seminandis a se datis frugibus, Ita-
liamque præ cæteris laudat. *Vide Dionys. Hal. lib. I.*
Antiq. Rom. Sollte man aus diesen Worten nicht
schliessen, der Triptolemus des Sophokles müsse
noch vorhanden seyn, und das ganze Stück lauffe auf
weiter nichts, als diesen Unterricht der Ceres hinaus?
Der Pater redet seinem Währmanne ohne Ueberle=
gung nach. Denn Dionysius von Halicarnaß
braucht am angezogenen Orte weiter nichts als diesen
Umstand aus dem Triptolemus; und wenn Er im
Präsenti davon spricht, so ist es ganz etwas anders,
als wenn es Harduin thut.

(K)

Zugleich der Schauspieler — diese Ge=
wohnheit ab.) Der ungenannte Biograph: Κα-
ταλυσας την ὑποκρισιν τυ ποιητυ δια την ιδιαν ισχυοφω-
νιαν· παλαι γαρ και ὁ ποιητης ὑπεκρινετο. Eine schwa=
che Stimme war ein Fehler, der vor Alters einen
Mann zum Schauspieler weit untauglicher machte, als

heut

heut zu Tage, da wir jene grossen Schauplätze nicht
mehr zu füllen haben. Das Unvermögen hielt ihn
also vom Theater zurück, und nicht die Verächtlichkeit
der Profession. Denn den Griechen war keine Ge-
schicklichkeit verächtlich, die ihnen Vergnügen machte.
So oft unser Dichter auch daher andere Talente zeigen konnte, auf welche seine schwache Stimme keinen
Einfluß hatte, bestieg er die Bühne; welches sich nicht
undeutlich aus zwey Beyspielen schliessen läßt, die man
uns ausdrücklich davon aufbehalten hat. In dem
Thamyris nehmlich lies er sich auf der Cither hören;
und in der Nausikaa zeigte er sich als Tänzer.

In dem Thamyris lies er sich auf der Cither hören. Athenäus (s): τον Θαμυρι διδασκων αυτος
 εκιθαριζεν. Und der ungenannte Biograph: φασι δε
οτι και κιθαρει αναλαβων εν μονῳ τῳ Θαμυριδι ποτε
εκιθαρισεν. Thamyris war jener Thracische Virtuose (*), der es wagen durfte, die Musen selbst zu einem
Wettstreite aufzufordern. Er ward überwunden, und
die Musen machten ihn, zur Strafe seiner Vermessen-

heit

(s) Lib. I. p. m. 20.

(*) Κεινῳ σοφιστη Θρηκι, sagt die Muse in dem Trauerspiele
Rhesus von ihm. Z. 924.

heit, blind. Das war der Inhalt des Sophoklei-
schen Trauerspiels; und ohne Zweifel lies sich der
Dichter in der Person des Thamyris selbst, auf der
Cither hören. Nicht daß er deswegen die ganze Rolle des Thamyris gespielt hätte; er hatte vielleicht
nicht einmal nöthig, auch nur in die Cither zu singen.
Denn dieser Thamyris, welchen Umstand uns der
ältere Plinius (t) von ihm aufbehalten hat, war der
erste, der die Cither als ein von der Stimme unab-
hängendes Instrument behandelte, und sie, ohne
darein zu singen, spielte. Hatte nun Sophokles
diesen Umstand anzubringen gewußt, so konnte ihn
seine schwache Stimme nicht hindern, Thamyris
an derjenigen Stelle selbst zu seyn, wo er ihn blos auf
der Cither mit den Musen wetteifern lies. Es würde
sich mehr als Muthmassungen hievon beybringen lassen, wenn das Stück itzt nicht unter die verlornen
Stücke unsers Dichters gehörte (u). Da unterdessen

G 4 auch

(t) Cithara sine voce cecinit Thamyras primus. *Natur. Hist. Lib.*
VII. c. 57.

(u) Casaubonus, Meursius, Fabricius finden in ihren Verzeich-
nissen der verlornen Stücken des Sophokles des Thamyris
bloß bey dem Athenäus, dem Pollux, und dem ungenannten

auch solche Muthmaſſungen weder ganz unangenehm, noch ganz unnütze ſind, ſo erlaube man mir, noch einen andern Zug daraus muthmaſſen zu dürfen. Dieſen nehmlich: daß die Beſtrafung des **Thamyris** auf der Bühne geſchehen; daß er vor den Augen der Zuſchauer blind geworden. Ich gründe meine Muthmaſſung auf eine Stelle des **Pollur**, in die ſich ſeine Ausleger gar nicht zu finden gewußt haben. Pollur (x) gedenket verſchiedener tragiſchen Masken, die von einer beſondern Art geweſen, und ſagt unter andern, daß die Maske des **Thamyris**, zweyerley Augen gehabt habe; τον μεν γλαυκον οφϑαλμα, τον δε μελανα. **Jungermann** macht hierüber folgende offenherzige Anmerkung: Thamyri vero cur oculum glaucum, & alterum nigrum in ſcena affingi ſit? Conſtat quidem ex Apollodori lib. I. Thamyrin περι μυσικης cum Muſis congreſſum: quem victum των ομματων

και

ten Biograph, gedacht. Sie hätten anmerken ſollen, daß auch **Plutarch** ſeiner nicht undeutlich gedenkt; in dem Buche nehmlich οτι ὐδε ζην εςιν ἡδεως κατ' Επικυρον (p. m. 1093.) führt er ein Paar Zeilen des **Sophokles** an, die, dem Zuſammenhange nach, nothwendig aus dem **Thamyris** ſeyn müſſen.

(x) Lib. IV. c. 19. p. m. 434.

καὶ τῆς κιθαρῳδίας illæ ἰστερησαι. Sic itaque prorſus ex-
cœcarunt.   Cur itaque diſcolori altero utro introduceba-
tur oculo? Libenter noſtram ignorantiam fatemur, quam
ut diu taciti foveamus cauſæ non eſt, cum ſic forte nec
ipſi; nec alii, qui juxta nos ignorant, edoceamur ab
iis qui ſciunt.   Daß auch ich itzt unter denjenigen bin,
die es wiſſen, habe ich vornehmlich dem Du Bos (y)
zu danken; und das Räthſel löſet ſich ſo auf.   Die alten Schauſpieler, wie bekannt, ſpielten in Masken,
welche nicht allein das Geſicht, ſondern den ganzen
Kopf bedeckten.   Dieſe Masken hatten die Unbequem-
lichkeit, daß ſie der Abänderungen nicht fähig waren,
welche die abwechſelnden Leidenſchaften in den Zügen
des Geſichts verurſachen.   Die kleinern von dieſen Abänderungen waren für ihre Zuſchauer zwar ohnedem
verloren; indem dieſe größten Theils viel zu weit ab-
ſaßen, als daß ſie ſelbige auch auf einem wirklichen
Geſichte hätten erkennen können.   Die größern aber,
welche dem Geſichte eine ganz andere Farbe, allen
Muskeln deſſelben eine ganz andere Lage geben, und

G 5   von

(y) Du Bos von den Theatraliſchen Vorſtellungen der Alten. Man
     ſehe das dritte Stück meiner Theatraliſchen Bibliothek,
     Seite 185.

von sehr weitem zu erkennen sind, auch diese größern, sage ich, den Augen der Zuschauer verweigern, würde keine geringe Verkümmerung ihres Vergnügens, und eine Vernachläßigung des sichersten Mittels, einen Eindruck auf sie zu machen, gewesen seyn. Was thaten sie also? Eine Stelle des **Quintilian** (z) kann es uns sehr deutlich lehren: In Comœdiis — pater ille cujus præcipuæ partes sunt, quia interim concitatus, interim lenis est, altero erecto, altero composito est supercilio; atque id oftendere maxime latus actoribus moris est, quod cum iis, quas agunt, partibus congruat. Die Maske, sagt **Quintilian**, desjenigen Vaters, der in der Komödie bald linde bald strenge seyn mußte, war getheilt; die eine Helfte zeigte ein glattes, heiteres Gesicht, die andere ein finsteres, gerunzeltes Gesicht; war der Vater itzt linde, so wies der Schauspieler den Zuschauern die heitere Helfte, und mußte er auf einmal streng und zornig werden, so mußte der Schauspieler eine so ungezwungene Wendung zu machen, daß der Zuschauer die finstere Helfte zu sehen bekam. Wie es mit der Maske dieses Vaters war, so war es unfehlbar mit den Masken aller Personen,

die

(z) Inst. Orat. Lib. XI. cap. 3.

die in der Geschwindigkeit vor den Augen der Zuschauer,
ein verändertes Gesicht zeigen mußten, und also nicht
Gelegenheit hatten, hinter der Scene ihre ganze Maske zu verwechseln.   Nun nehme man an, daß auch
Thamyris in diesem Falle war, und die Worte des
Pollux sind erklärt. Itzt war Thamyris noch sehend,
und der Schauspieler zeigte diejenige Helfte seiner Maske, die das schwarze Auge hatte.   Nun sollte er auf
einmal blind werden, und der Schauspieler wandte
sich so geschickt, daß plötzlich die Zuschauer die andere
Helfte, welche das glauche Auge (γλαυκον οφθαλμα)
hatte, erblickten.   Denn γλαυκον οφθαλμα, ist hier
nichts anders als ein Auge, das mit einem Γλαυκωμα
behaftet scheinet; und Glaukoma, wie bekannt, ist
diejenige Krankheit des Auges, welche unsere Augen-
ärzte den blauen oder grünen Staar nennen. Das
merklichste und augenscheinlichste Zeichen der Blind-
heit, welches die Skevopöie nur immer wählen konnte! — Ich komme auf den Sophokles zurück. In
dem Thamyris also lies er sich auf der Cither hören; und der ungenannte Biograph setzt hinzu: οθεν
και εν τη ποικιλη σοα μετα κιθαρας αυτον γεγραφθαι
φασι; „daher sey er, wie man sagt, in der Stoa
„Poecile

„Poecile mit der Cither gemahlt worden." Was diese Stoa für ein Gebäude gewesen, wie sie vorher ge= heissen, wo sie gestanden (aa), das ist gnugsam be= kannt. Sie hatte ihren Beynahmen Poecile, die bunte, von den Gemälden erhalten, mit welchen sie vornehmlich Polygnotus ausgezieret hatte (bb). Diese Gemälde stellten die Götter und Helden der Athe= nienser vor; und es ist nicht unwahrscheinlich, daß Polygnotus, der kein gedungener Künstler war, sondern bloß um die Ehre arbeitete, auch noch leben= den verdienten Männern die Schmeicheley werde ge= macht haben, ihre Bildnisse mit anzubringen. Dem ohngeachtet aber ist wohl schwerlich das Bildniß des Sophokles, von der Hand dieses Künstlers gewesen.

Plu=

(aa) Menage (in Diogenis Laertii Lib. VII. segm. 5.) merkt aus dem Lucian an, daß diese Stoa auf dem Marktplaße gelegen. Ich bediene mich dieser Bemerkung, die Verse des Melan= thius beym Plutarch (im Leben Cimons S. 481.) daraus zu erläutern, wo gesagt wird, daß Polygnotus unentgeltlich

— — — Θεων ναυς αγοραν τε

Κεκροπιαν — — — —

ausgeschmückt habe. Wie man einen Marktplaß mit Ge= mälden ausschmücken könne, ist nicht wohl zu begreiffen. Es sind also hier die öffentlichen Gebäude auf diesem Markt= plaße, und besonders die gedachte Stoa zu verstehen.

(bb) C. Plinius Natur. Histor. Lib. XXXV. 35.

Ich schliesse dieses aus folgendem Umstande, den uns
Plutarch) aus der scandalösen Chronike der damaligen
Zeit aufbehalten hat (cc). **Polygnotus** liebte die
Elpinice, die Schwester des **Cimons**; und ohne
Zweifel war seine Liebe eben in dem stärksten Feuer,
als er die **Trojanerinnen** in der gedachten Stoa
mahlte: denn einer von ihnen, der **Laodice**, gab er
das Gesicht seiner Geliebten. Wird **Elpinice** damals
schon alt, schon verheyrathet gewesen seyn? Schwerlich wohl. Aber zu der Zeit, als **Sophokles**, mit
durch den Ausspruch ihres Bruders, für sein erstes
Trauerspiel den Preis erhielt, muß sie schon beides
gewesen seyn, wenn man sie auch noch so viel jünger
als den **Cimon** annimmt. Und folglich mahlte **Polygnotus** die gedachte Stoa zu einer Zeit, als **Sophokles** noch gar nicht bekannt seyn konnte, als wenigstens seine tragischen Verdienste noch nicht so fest
gestellet seyn konnten, daß sie diese öffentliche Ehre
verdient hätten. Vielleicht also war sein Bildniß von
dem **Micon**, von welchem es aus dem ältern Plinius bekannt ist, daß ihm die Athenienser nach dem
Polygnot einen Theil dieser Stoa auszumahlen gaben.

Jn

(cc) Im Leben Cimons S. 480.

In der Naufikaa zeigte ſich Sophokles als Tän⸗
zer. Athenäus (dd): ἄκρως δὲ ἐσφαίριζεν ὅτι τὴν
Ναυσικαν ἔθηκε. Ich ſage, er zeigte ſich als Tänzer,
und die Worte meines Währmanns ſcheinen eigentlich
doch weiter nichts zu ſagen, als daß Sophokles in
der Naufikaa den Ball vortrefflich geſchlagen: ἄκρως
ἐσφαίριζεν. Allein die Sphäriſtik, oder das Ball⸗
ſchlagen und alle verſchiedne Arten deſſelben, war bey
den Alten ein Theil der Orcheſtik, als welche alle
körperliche Uebungen in ſich begrif, wo die Bewegun⸗
gen nach einer gewiſſen Eorythmie, nach dem Tak⸗
te, geſchehen mußten. Das iſt zu bekannt, als daß
ich mich dabey aufhalten ſollte. Die Frage wird alſo
nur hier ſeyn: was war das für ein Stück, in wel⸗
chem Ball geſpielt ward? Wer ſeinen Homer inne
hat, dem kann unmöglich die Tochter des Alcinous,
des Königs der Phäacier unbekannt ſeyn (ee). Ulyſ⸗
ſes war an das Ufer von Scheria geworfen; hier
lag der Unglückliche, und ſchlief. Indeß erhob ſich
Minerva in den Pallaſt des Alcinous und gab der
ſchönen Naufikaa ein, mit ihren Geſpielinnen und

Mägden

(dd) Lib. I. p. m. 20.

(ee) S. das ſechſte und die folgenden Bücher der Odyſſee.

Mägden nach dem Meere zu gehen, um da ihre Kleider zu waschen. Denn an sie sollte sich Ulysses zu erst wenden; sie sollte ihm den Weg zur Gunst ihres Vaters bahnen. Sie kommen also, waschen ihr Geräth und trocknen es auf dem Ufer; und indem es trocknet, baden und salben sie sich, und lagern sich zu essen, und stehen auf zu spielen. Und was spielten sie?

Σφαιρῃ ται ἀρ᾽ ἐπαιζον, ἀπο κρηδεμια βαλυσαι,

Τῃσι δε Ναυσικαα λευκωλενος ἠρχετο μολπης (ff).

Sie schlagen Ball, und Nausikaa selbst macht den Anfang. Nun will Minerva, daß Ulysses erwache. Die Prinzeßin wirft; der Ball nimmt einen falschen Flug; er fällt in einen tiefen Graben; die Mägde schreyen;

(ff) Die Frau Dacier übersetzt diese Stelle: Le repas fini, elles quittent toutes leurs voiles & commencent à jouer toutes ensemble à la paume. Nausica se met ensuite à chanter. Sie höret also die Nausikaa singen, wo ich sie nur tanzen sehe. Sie hat aus der Acht gelassen, daß μολπη nicht bloß cantus, sondern eben so oft tripudium, saltatio heißt; wegen des beiden gemeinschaftlichen Takts. Ηρχετο μολπης heißt daher hier weiter nichts, als sie fing das Spiel an. Ich finde, daß Burette, in seiner Abhandlung von der Sphäristik der Alten, (Memoires de Litterature des Inscriptions & b. L. T. I. p. 155.) den nehmlichen Fehler macht. Denn er übersetzt: pendant que là Printesse de son conté les animoit par son chant.

schreyen; und Ulysses erwacht. Er entschließt sich kurz, auf das Geschrey zuzugehen. Aber er ist nacket, splitternacket; und es war ein weibliches Geschrey! Was thut der Mann, dem nie in der Noth ein weiser Rath gebrach?

Ἐκ πυκινῆς δ' ὕλης πτόρθον κλάσε χειρὶ παχείη
Φύλλων, ὡς ῥύσαιτο περὶ χροῒ μήδεα φωτός.
Βῆ δ' ἴμεν, ὥστε λέων ὀρεσίτροφος, ἀλκὶ πεποιθώς,
Ὅς εἶσ' ὑόμενος καὶ ἀήμενος, ἐν δέ οἱ ὄσσε
Δαίεται· αὐτὰρ ὁ βουσὶν ἐπέρχεται, ἢ ὄϊεσσιν
Ἠὲ μετ' ἀγροτέρας ἐλάφους· κέλεται δέ ἑ γαστὴρ
Μήλων πειρήσοντα καὶ ἐς πυκινὸν δόμον ἐλθεῖν.

Welch ein Gemälde! Welch eine Vergleichung (gg)! So kömmt der nackte, fürchterliche Mann auf sie zu.

Die

(gg) Man erlaube mir über dieses Gleichniß, daß ich für eines der schönsten im Homer halte, eine kleine Ausschweifung. Es hat seine Tadler gefunden; aber seine Vertheidiger scheinen mir den rechten Punkt nicht getroffen zu haben. Man lese nur, was Clarke in seiner Ausgabe darüber anmerkt. „Fue-„runt qui Ulyssem hoc loco, viribus defectum, procellaque „pene enecatum, lenoni fero parum apte comparari credide-„rint. Eustathius vim similitudinis in eo consistere existimat, „quod Ulysses puellis Nausicaæ comitibus, haud minus „quam leo, terribilis apparuerit. Ὅτι τὸν Ὀδυσσέα
γυμνὸν

Die Mädchen schreien und fliehen. Die einzige
Nausikaa bleibt stehen, und erwartet ihn; und
so

γυμνον οντα και δυσπροσιτον δια τυτο φαινται
μετα βλοσυροτητος μελλοντα ταις κοραις,
λεοντι παραβαλλει, ειπων· „Βη δ' ιμεν, ὥςε
λεων, κ. τ. λ." Ειτα δεικνυς ὡς ἀ προς την
Ὀδυσσεως ἀνδριαν ἡ παραβολη, ἀλλα προς
την εκπληξιν, ἡν ἐξ αὐτη αἱ γυναικες ἐπαθον,
ἐπαγει· (v. 137.) „Σμερδαλεος δ' αὐτησι
φανη, etc. — Domina *Dacier* leoni eum ideo
comparari arbitratur, quia audito puellarum strepitu,
hominibusve mitibus an crudelibus occursurus effet,
ignarus, ex arbusto nudus animoque intrepido egrede-
retur. Mihi in eo potius consistere videtur compara-
tionis vis, tum quod Ulysses mari humidus, totusque
spuma foedatus, leoni agresti procellisque afflicto,
Ὅσ' εισ' ὑομενος και ἀνημενος, similis dicatur; tum
quod necessitate coactus (v. 136.) ex arbusto puellis
timidis sese nec opinato ostenderit, ipsisque (uti ob-
servat *Eustathius*) fugam et terrorem hand minorem,
quam leo ferus ovibus aut hinnulis imbecillibus in-
cusserit. — Recht gut; alle die verschiedenen Aehn-
lichkeiten, welche die **Dacier**, **Eustathius** und
Clarke angeben, find augenscheinlich; wird aber
dadurch jene Unähnlichkeit gerettet, welche die Tadler zwischen einem abgematteten, wehr- und waffen-
losen Manne, und einem Löwen finden, der sich auf
seine Stärke verläßt? ἀλκι πεποιθως. — Es ist

H   wahr

so weiter. — Aber was sind das für Auftritte für
ein Trauerspiel? „Sophokles,‟ sagt die Frau
Dacier,

wahr, Homer verliebt sich oft ein wenig in seine
Gleichnisse, und mahlt sie nicht selten mit Zügen aus,
die sich auf das Verglichene nicht anwenden lassen,
und nur das Bild lebhafter und individueller zu machen dienen. Kann das aber der Fall hier seyn?
Mit nichten. Denn wahre Unähnlichkeiten müssen
dergleichen beiläufige Züge nie werden. Ich erinnere
mich daher mit Vergnügen einer Stelle des Themistius, der auch diesem Tertio der Vergleichung
eine ganz vortrefliche Wendung zu geben gewußt hat.
Er sagt nämlich: Allerdings ist der abgemattete,
wehr- und waffenlose Ulysses auch jetzt noch ein
Mann, der sich auf seine Stärke verläßt. Nur ist
die Stärke des Ulysses nicht die körperliche Stärke
eines Achilles; sondern sie beruht in seiner Klug-
heit, in seiner Beredsamkeit. Diese hatte er in keinem Schifbruche verlieren können; und auf diese ver-
ließ er sich. Ἡ δὲ ἀλκη ἦν ἀρα ὁ λογος, ὁν ἀφε-
λισϑαι μονον το δαιμονιον ὐκ ἐξισχυσε· καιτοι
τα χρηματα γε ἀφελομενον, και τας ναυς,
και τὰς στρατιωτας, και νη Δια γε τον χιτωνα
τοτελευταιον· ἐν ὁις ὐκ ἦν ἡ δυναμις ἡ Ὀδυσ-
σεως· τη γαρ ἀλκη ἐπιποιϑει, και ἐκεινην ἀπο-
λωλοτων. Es steht diese Stelle zu Ende seines
Προτρεπτικη ὲις Φιλοσοφιαν, (edit. Harduin.
p. 309.) und verdient bei dieser Stelle Homers
vor allen andern angezogen zu werden.

Dacier (hh), „hatte aus diesem homerischen Stoffe
„eine Tragödie gemacht, die sehr wohl aufgenom-
„men ward. Ich wünschte, daß uns die Zeit
„dieses Stück aufbehalten hätte, damit wir sehen
„könnten, wie weit es die Kunst mit einem solchen
„Stoffe bringen kann.“ Ich wünschte es gleichfalls. Aber würde es wohl auch eine wirkliche
Tra-

(hh) In den Anmerkungen zu ihrer Uebersetzung: Sophocle avoit fait une Tragédie sur ce sujet d'Homère,
qu'il appelloit Πλυντριας, & où il représentoit
Nausicaa à ce jeu. Cette pièce réussit fort. Je vou-
drois bien que le tems nous l'eût conservée, afin que
nous vissions ce que l'art pouvoit tirer d'un tel sujet.
Die Πλυντριαι, oder Wäscherinnen des Sophokles werden vom Pollux angeführt; und es ist allerdings aus diesem Titel zu schließen, daß der Inhalt die Geschichte der Nausikaa gewesen, und daß
es vielleicht Nausikaa, oder die Wäscherinnen
geheissen habe; dergleichen doppelte Titel bei den
Alten nichts seltenes sind. Dem ungeachtet würde
die Frau Dacier besser gethan haben, es hier unter
seinem gewöhnlichen Titel, Nausikaa, anzuführen.
Woher sie den Umstand hat, daß es viel Beifall
gefunden, kann ich nicht sagen. Ich fürchte, es ist
ein bloßer Zusatz ihrer gütigen Vermuthung, den ich
unterdeß eben so wenig zu bestätigen als zu bestreiten
Lust habe.

H 2

Tragödie seyn? Ich glaube schwerlich; sondern es würde, allem Ansehen nach, ein satyrisches Drama seyn. Ich kann zwar nicht sagen, daß es als ein solches von den alten Schriftstellern, die seiner gedenken, angeführt werde; aber der komisch-tragische Inhalt ist allzusehr für meine Muthmaßung, von welcher ich finde, daß sie auch die Muthmaßung des Casaubonus gewesen ist (ii). Die Odyssee war überhaupt eine reiche Vorrathskammer für die satyrischen Schauspiele. Das einzige Stück, welches uns von dieser Gattung übrig geblieben ist, des Euripides Cyklops, ist, wie bekannt, gleichfalls daraus entlehnt. Der Charakter des Ulysses selbst machte ihn zu einer satyrischen Person sehr bequem. Ich setze voraus, daß meinen

(ii) „Ναυσικαα — — tota fuit Homerica, et satyricis dramatibus annumeranda, indice *Casaubono*, sagt Fabricius in seinem Verzeichnisse der verlornen Stücke des Sophokles. Es muß sich dieses auf eine Stelle des Casaubonus in seinen Anmerkungen zum Athenäus beziehen; denn in seinem Buche, De Poesi satirica, erwähnt er der Nausikaa unter den satyrischen Stücken des Sophokles nicht.

meinen Lefern das Wefen diefes Drama bekannt
ift, von welchem wohl zu wünfchen wäre, daß es
ein Genie unter uns ganz wiederherftellen wollte.
Die Tragikomödie war in diefer Abficht ein fehr
mißlungener Verfuch.

(L.)

Er machte in feiner Kunft verfchiedne
Neuerungen, deren zum Theil Ariftoteles
gedenkt.) Πολλα εκαινȣργησεν εν τοις αγωσι.
Es ift hier nicht von denen Verbefferungen die
Rede, durch die Sophokles die Tragödie felbft
ihrem Wefen und ihrer Vollkommenheit näher
brachte; fondern bloß von den Neuerungen und
Zufätzen, die er in der Kunft fie aufzuführen
machte. Und die Gefchichte diefer Kunft faßt
Ariftoteles, im vierten Kapitel feiner Dichtkunft,
in folgender Befchreibung kürzlich zufammen: Και
πολλας μεταβολας μεταλαβȣσα η Τραγωδια επαυ-
σατο, επει εσχι την ιαυτης φυσιν. Και το τι των
υποκριτων πληθος, εξ ενος εις δυο πρωτος Αισχυλος
ηγαγε, και τα τȣ Χορȣ ηλαττωσι, και τον λογον

πρω-

πρωταγωνιϛην παρεσκιυασε· τρεις δε, και σκηνογρα-
φιαν Σοφοκλης. Den beſten Kommentar über dieſe
Worte des Ariſtoteles giebt eine Stelle des Diogenes Laertius, wo er die Geſchichte der Weltweisheit mit der Geſchichte der Tragödie vergleicht:
ὡσπερ δε το παλαιον εν τη τραγῳδια πρωτερον μεν
μονος ὁ χορος διεδραματιζιν, ὑϛερον δε Θεσπις ἑνα
ὑποκριτην ἐξευρεν ὑπερ τε διαναπαυισθαι τον χορον,
και δευτερον Αισχυλος, τον δε τριτον Σοφοκλης, και
συνεπληρωσαι την τραγῳδιαν, ὑτως και της φιλοσο-
φιας, κ. τ. λ. Der Verſtand von beiden Stellen
iſt dieſer. Anfangs war die Tragödie nichts als
Geſang verſchiedener Loblieder zu Ehren des Bacchus. Damit der Chor, welcher dieſe Lieder ſang,
manchmal ruhen und Athem ſchöpfen könnte, fiel
Theſpis darauf, eine intereſſante Begebenheit da-
zwiſchen von einem aus der Bande erzählen oder
vorſtellen zu laßen. Aeſchylus verwandelte dieſe
Erzählung und Vorſtellung die von einer einzigen
Perſon geſchah, in ein ordentliches Geſpräch, indem er eine zweite Perſon hinzufügte, unter die
ſich nunmehr die Geſchichte vertheilte, obgleich
nothwendig die Eine Perſon mehr Antheil an der

Hand-

Handlung haben mußte, als die andre. Der
Schauspieler, welcher die Rolle der Hauptperson
spielte, hieß πρωταγωνιϛης, so wie der andre δευ-
τεραγωνιϛης. Es war aber darum nicht nothwendig, daß das ganze Drama nicht mehr als zwei
Personen haben mußte; denn der Deuteragonist
konnte derselben gar wohl mehr als Eine vorstellen,
wenn sie nur nicht mit einander zugleich erscheinen
durften. Aber mit einander zusammen sprachen in
dem ganzen Drama deren nicht mehr als zwei.
Endlich fand Sophokles, daß auch dieses noch zu
einförmig war. Er fügte also die dritte Person
hinzu, welche τριταγωνιϛης hieß *).

Dieser

*) Hiezu brauchten keine besondre Leute zu seyn; und
Demosthenes wirft es dem Aeschines mehr als
Einmal vor, daß er in seiner Jugend diese dritten
Rollen gespielt habe. — Unmöglich kann aber
Gyraldus gewußt haben, was τριταγωνιϛης
heiße, wenn er schreibt: Tres autem histriones pri-
mus Sophocles instituisse perhibetur, et eam, quae
τριταγωνιϛη dicitur. Er scheint die Worte des
Suidas überse t zu haben; aber woher er das Fe-
mininum τριταγωνιϛη hergenommen hat, das mag
Gott wissen.

H 4

Dieſer τειταγωνιϛης iſt alſo die erſte Neuerung,
die dem Sophokles in der obigen Stelle des
Ariſtoteles zugeſchrieben wird. Es äußern ſich
aber hiebei verſchiedene Schwierigkeiten und Wi-
derſprüche. Wir wollen zuerſt den Barneſius
(im Leben des Euripides vor ſ. Ausgabe,
S. XXXVI.) hören: Nam licet *Aeſchylus* in principio
Promethei ſui *Robur* et *Vim* et *Prometheum* et *Vulca-*
num ſimul inducat, non ibi niſi duo tantum perſonae
loquuntur, hoc eſt *Robur* et *Vulcanus;* nec enim
Prometheus prius loqui incipit, quam caeteri illi,
opere abſoluto, abierint, et priori ſcenae finem fece-
rint. Es wäre gut, wenn es keinen andern Auf-
tritt von drei Perſonen beim Aeſchylus gäbe, als
dieſen. Allein man höre den Dacier, (in ſeinen
Anmerkungen über das vierte Kapitel der Ariſtot.
Dichtk.) welcher ohne Zweifel den Aeſchylus
beſſer geleſen hatte: Ce qu'Ariſtote dit ici, que Sophocle ajoûta un troiſième Acteur aux deux d'Eſchyle, pourroit faire croire qu'il n'y a jamais eu que
deux Acteurs dans les pièces de ce dernier; cepen-
dant dans une ſcène de ſes Coëphores, on voit
Oreſte, Pylade & Clytemneſtre parler enſemble, &

dans

dans une autre de ſés Eumenides, on voit Minerve, Oreſte & Apollon. Il eſt vrai que l'un des trois dit peu de choſe; mais cela ſuffit pour faire voir qu'Eſchyle n'a pas entièrement ignoré, que la ſcène pouvoit ſouffrir trois Acteurs différents du chœur. Comment donc Ariſtote peut-il attribuer cette invention à Sophocle? Seroit-ce parceque Sophocle s'en ſert plus ordinairement? Je ne ſçaurois le croire. Quand Eſchýle fit ſes Coëphores & ſes Eumenides, il y avoit plus de douze ans qu'il voyoit des pièces de Sophocle, où il prit ce troiſième Acteur que Sophocle avoit ajouté.

Das läßt ſich hören. Dem ungeachtet wollte ich lieber ſeinen erſten Grund annehmen; nämlich, daß Sophokles deswegen der Erfinder des dritten Schauſpielers genannt werde, weil er ſich deſſen in allen Stücken bediente, was beim Aeſchylus nur ein ſeltener Fall war.

Denn es muß ſchon bei den Alten ſelbſt ſtreitig geweſen ſeyn, ob man dieſe Erfindung dem Aeſchylus oder dem Sophokles zuſchreiben ſolle. Ein altes Leben des erſtern, welches Robortellus ſeiner Ausgabe vorgeſetzt hat, ſagt ausdrücklich,

die

die Einführung des dritten Schauspielers sey vom Aeschylus geschehen. Ja, noch mehr, Aristoteles selbst muß sich an einer andern Stelle für den Aeschylus hierin erklärt haben. Denn wenn Themistius *) in seiner Rede, ὑπὲρ τȣ λιγιιν, ἢ πως τῳ φιλοσοφῳ λικτιον, beweisen will, daß nicht alle Neuerungen zu verwerfen sind, weil alle Künste und Wissenschaften nach und nach erfunden worden; so nimmt er unter andern auch ein Beispiel von der Tragödie her: Ἀλλα και ἡ σιμνη τραγῳδια μιτα πασης ὁμȣ της σκινης, και τȣ χορȣ, και των ὑποκριτων, παριληλυθιν ιις το θιατρον· και ȣ προσιχωμιν Ἀριστοτιλιι, ὁτι το μιν πρωτον ὁ χορος ιισιων ῃδιν ιις τȣς θιȣς· Θισπις δι προλογον τι και ῥησιν ιξιυριν· Ἀισχυλος δι τριτον ὑποκριτην και ὀκριβαντας· τα δι πλιιω τȣτων Σοφοκλιος ἀπηλαυσαμιν και Ἐυριπιδȣ.

(M.)

Zum Theil Suidas;) Dieser sagt vom Sophokles: ȣτος πρωτος τρισιν ἐχρησατο ὑποκριταις,

κ α ι

*) Edit. *Harduin*, p. 316.

και τη καλαμινη τριταγωνιςη· και πρωτος τον χορον
εκ πεντεκαιδεκα εισηγαγε νεων, προτερον δυωκαιδεκα
εισιοντων. — — Και αυτος ηρξε τα δραμα προς
δραμα αγωνιζεσθαι· αλλα μη τετραλογιαν. Ich
verweile jetzt nur bei dieser letzten Neuerung des
Sophokles in seiner Kunst. „Er fieng es zuerst
„an, daß Drama gegen Drama um den Preis
„stritt, und nicht die ganze Tetralogie.‟

Die tragischen Dichter stritten damals beständ-
dig mit vier Stücken zugleich um den Preis, wovon das letzte beständig ein satyrisches Stück war.
Und diese vier Stücke zusammen hießen eine Tetralogie. So erzählt z. E. Aelianus (L. II. c. 8.)
daß in der ein und neunzigsten Olympiade Xenokles (den Aristophanes in seinen Fröschen an-
sticht, und von welchem der Scholiast daselbst anmerkt, daß er ein schlechter Poet gewesen sey, welcher der Allegorie gar zu sehr nachgehangen habe;)
mit dem Euripides um den Preis gestritten.
Xenokles habe den ersten Preis erhalten, durch
seinen Oedipus, Lykaon, Bacchä, und das
satyrische Stück Athamas: Euripides aber den
zweiten durch seinen Alexander, Palamedes, die

Tro-

Trojaner, und das ſatyriſche Stück Siſyphus.
— Aelianus wundert ſich hierüber, und ſagt,
daß die Richter entweder unwiſſend oder beſtochen
geweſen ſeyn müßten, welches beides den Athenienſern keine Ehre macht.

Wenn Fabricius (Biblioth. Gr. L. II. c. 19.)
unter dem Xenokles dieſes Streites gedenkt, ſo
ſchreibt er: cum Euripide certavit Olympiade LXXXI,
und beruft ſich auf den Aelian. Er muß aber in
der Geſchwindigkeit nur die lateiniſche Ueberſetzung
angeſehen haben, welche prima supra octogesimam
hat. Denn im Texte ſteht: κατα την πρωτην και
ἱκτην Ὀλυμπιαδα, und es iſt ausgemacht, daß anſtatt ἱκτην, ἐννενηκοστην zu leſen ſey, wie Scheffer
bei dieſer Stelle bemerkt.

Diogenes Laertius ſagt in dem Leben des
Plato, (L. III. §. 35.) wenn er von deſſen Dialo-
gen und ihrer Eintheilung redet: Θρασυλος δε φησι
και κατα την τραγικην τετραλογιαν ἐκδυναι αὐτοι της
διαλογης. οἱον ἐκεινοι τετρασι δραμασιν ἠγωνιζοντο,
Διονυσιοις, Ληναιοις, Παναθηναιοις, Χυτροις, ὡν το
τεταρτον ἠν Σατυρικον. Τα δι τιττατα δραματα
ἐκαλειτο Τετραλογια. Es ſcheint alſo, daß es deswegen

wegen allezeit vier Stücke waren, weil sie an den
vier hier genannten Festen gespielt wurden. Dieß
ist auch die Meinung des **Casaubonus**, (de Poeſ.
Satyr. L. I. c. 5.) der daselbst überhaupt von den
Tetralogien nachzulesen ist.

Sophokles aber muß diese Veränderung entweder sehr spät gemacht haben, oder sie muß nicht
allen tragischen Dichtern zu gute gekommen seyn,
wie das Exempel des **Euripides** in der obigen
Stelle **Aelians**, und das Beispiel des **Plato** bewei-
set, von welchem eben der Schriftsteller (L. 2. c. 30.)
sagt, daß er gleichfalls mit einer ganzen Tetralogie
um den Preis streiten wollte: Επιθιτο ἐν τραγωδια, και δη και τιτραλογιαν ειργασατο. Και ἐμελ-
λεν ἀγωνιισθαι, δες ηδη τοις ὑποκριταις τα ποιη-
ματα. — Von dem Sohne des **Euripides** sagt
der Schollast des **Aristophanes** über die Frösche,
v. 67: Ουτω δε και ἁι Διδασκαλιαι φερεσι, τελευ-
τησαντος Ευριπιδε, τον ὑιον ἀυτε δεδιδαχειναι ὁμωνυ-
μως ἐν ἀςει Ιφιγενειαν την ἐν Αυλιδι, Αλκμαιωνα,
Βακχας. Dieß war ohne Zweifel eine **Trilogie**,
oder vielmehr eine **Tetralogie**, von welcher das ſa-
tyrische Stück hier nur weggelaſſen ist. — Auch

vom

vom Philokles, der nach dem Suidas, nach dem Euripides lebte, führt eben der Scholiast des Aristophanes eine Tetralogie an: ἐν τῇ Πανδιονίδι Τετραλογία. Obgleich dieß damit nicht übereinzustimmen scheint, wenn Aristides sagt, Philokles habe den Preis gegen den Sophokles gewonnen.

Vielleicht also, daß nach dem Sophokles mit Tetralogien gegen Tetralogien gestritten wurde. Nimmt man diese Meinung an, so lassen sich viele Dinge vergleichen, die man sonst wohl unverglichen lassen muß. Z. E. Euripides soll nach dem Varro fünfmal, nach dem A. Gellius funfzehnmal den Preis gewonnen haben. Da wäre dann kein Widerspruch. Varro würde fünf Trilogien gemeint haben, und Gellius hätte die einzelnen Stücke derselben gezählt *).

Wider diese Meinung scheint die Tetralogia Orestia des Aeschylus zu seyn, deren Aristophanes in den Fröschen v. 1155 gedenkt. Der ungenannte Verfasser der Beschreibung von den Olympiaden sagt indeß, daß diese Tetralogie in dem zweiten

*) Vergl. Bayle im Art. Euripides.

zweiten Jahre der achtzigſten Olympias den erſten
Preis erhalten habe. Damals aber war Aeſchy=
lus ſchon todt; und es war eins von denen Stü=
cken, die nach ſeinem Tode aufs Theater gebracht
werden durften. Der Scholiaſt ſagt von dem
Agamemnon, welches das erſte Stück in dieſer
Tetralogie iſt, das Nämliche.

Sie wäre meiner Meinung alſo nicht zuwider,
aber wohl eine andre, von welcher der Ungenannte
unter der ſechs und ſiebenzigſten Olympiade, beim
vierten Jahre ſagt: Ἀισχυλος τραγῳδος ἐνικα Φινει,
Περσαις, Γλαυκῳ Ποτνι, Προμηθει.

(N.)

Zum Theil der ungenannte Biograph.)
Ueber die Neuerungen, die Sophokles in ſeiner
Kunſt machte, drückt ſich dieſer Ungenannte ſo aus:
„Er lernte die tragiſche Dichtkunſt vom Aeſchy=
„lus, und erfand viel Neues in der Vorſtellung.
„Erſtlich ſchaffte er es ab, daß der Dichter ſelbſt
„ſein Stück ſpielte, (welches ehedem gewöhnlich
„war) weil er ſelbſt eine allzu ſchwache Stimme
„hatte. Ferner vermehrte er die Perſonen des
„Chors

„Chors von zwölf Personen auf funfzehn, und
„erfand den dritten Schauspieler. Man sagt auch,
„daß er selbst einmal die Zither genommen, und in
„dem Stücke Thamyris darauf gespielt habe;
„daher er denn auch in der bunten Gallerie *) mit
„der Zither gemahlt worden. Satyrus sagt, daß
„er auch den krummen Stab erfunden habe.
„Desgleichen sagt Istrus, daß er die weissen
„Stiefeln erdacht habe, welche sowohl die Schau-
„spieler, als die Personen des Chors tragen.“

Was hier durch krummen Stab übersetzt ist,
heißt im Griechischen καμπυλη βακτηρια. — Καμπυλη, sagt Stephanus, heisse auch der krumme
Stab, dessen sich die Jäger bedienen. Βακτηρια ist
einerlei mit το βακτρον, baculus, scipio. Das letztere kommt sehr oft in des Euripides Phönizie-
rinnen vor, wo der blinde Oedipus viel von seinem Stabe spricht; als, v. 1710. 11:

Ποθι γεραιον ιχνος τιθημι;
Βακτρα προσφιξ' ὡ τεκνον.

Auch

*) Ποικιλη στοα hieß einer von den bedeckten Gängen
wegen der daselbst befindlichen vielen Gemählde.
(S. oben, S. 108.)

Auch βακτευμα kommt dort v. 1534. 35. vor, welches das Stützen auf dem Stabe bedeutet:

> Τι μ' ὠ παρθενι βακτευμασι τυφλὸ
> Ποδος ἰξαγαγες ἰις φως;

Julius Pollur, B. IV. Kap. 18, περι ὑποκριτων σκευης, sagt von der Kleidung alter, bejahr-
ter Personen: γεροντων δι φορημα· καμπυλη, φοινικις, ἠ μελαμπορφυρον ἱματιον, φορημα νεωτερων
πηρα, βακτηρια. So ist die Stelle in der neuen
Ausgabe des Hemsterhuis abgedruckt; und die
lateinische Uebersetzung dabei ist: Senum autem indumentum veftis eft retorta, purpurea, vel nigra
aliqua. Purpurea veftis juniorum indumentum eft. —
Φοινικις wird durch veftis phœnicei coloris erklärt.
Diese phönizische Farbe aber wird von dem Purpur
bei den Alten allezeit auf das deutlichste unterschieden. Ich tadle also zuerst an dieser Uebersetzung,
daß sie beides durch purpureus gegeben. Die Lacedämonier trugen φοινικιδες im Kriege, damit das
Blut nicht so zu sehen seyn sollte. Die phönizische
Farbe war also ohne Zweifel dunkelroth. — Vielleicht zwar, wie mir es jetzt wahrscheinlicher wird,

J   ist

ift es umgekehrt. Denn **Plinius** fagt (L. IX. c. 38.)
daß die **Purpurfarbe** nigricans afpectu fey; und
Gellius (L. II. c. 26.) giebt der phönizifchen Farbe
exuberantiam fplendoremque ruboris. — Was heißt
aber veftis *retorta?* Was kann καμπυλη feyn, wenn
es von einem Kleide gefagt wird? — Kurz,
καμπυλη gehört zu βακτηρια. Und **Pollux** felbft
verbindet beides an einem andern Orte, (L. X.
S. 173.) wo er fagt, daß βακτηρια περσις fo viel
fey, als βακτηρια καμπυλη.

(P.)

**Viel Ehre fcheint er als Feldherr nicht
eingelegt zu haben.)** Der Scholiaft über den
Ariftophanes *) fagt hierüber: Οτι επι μισθω
εγραψε τα μελη. Και γαρ Σιμωνιδης δοκει πρωτος
σμικρολογιαν εισινεγκειν εις τα ασματα, και γρα-
ψαι ασμα μισθυ. Τυτο δε και Πινδαρος φησιν αινιτ-
τομενος. — — Und nun folgt die Stelle aus **Pin-
dar's** Ifthm. β. zu Anfange, die aber hier zum
Theil ganz anders gelefen wird, als beim **Pin-
dar.**

*) Ειρηνη, v. 696.

δαυ. — — Το μεντοι περι των κιβωτων τε Σιμω-
νιδε λεγομενον, u. ſ. f.

Ἀλλως. Ὁ Σιμωνιδης διεβεβλητο επι φιλαργυ-
ρια· και τον Σοφοκλεα ευ δια φιλαργυριαν εοικεναι
τῳ Σιμωνιδη. Λεγεται δε οτι εκ της ςρατηγιας της
εν Σαμῳ ηργυρισατο. Χαριεντως δε παιν αυτῳ λογῳ
διεσυρε τες β᾿ ιαμβοποιης· μεμνηται οτι σμικρολο-
γοι· ὁθεν ὁ Ξενοφανης κιμβικα αυτον προσαγορευει·
μηποτε δε εδοκει Σοφοκλης περι τες μιςθες και τας
νεμεσεις ὀψε ποτε φιλοτιμοτερος γεγονεναι.

Und Florens Chriſtianus, in ſeinen Anmerkungen über eben dieß Luſtſpiel des Ariſtophanes: De Sophoclis avaritia non adeo res certa, cum
poſtulatus olim a ſuis fuerit male adminiſtratae rei fa-
miliaris. Tamen ferunt ex praetura, quam cum imperio in Samo geſſit, grandem eum pecuniam con-
flaſſe. Unde Xenophanes vocavit eum κιμβικα. Eſt
enim κιμβιξ, ὁ λιαν μικρολογος περι τα χρηματα.
Origo απο των κιμβιων, quae ſunt σφηκιαι vel με-
λισσιά ab apibus, quas parcas recte Virgilius vocat. —
Apud Athenaeum quoque Chamaeleon Simonidem
vocavit κιμβικα et αισχροκερδη. Miror autem Ari-
ſtophanis inconſtantiam, qui maximum et prudentiſ-

ſimum

fimum poetam et theatri fcenici principem ita per-
ftringat et vellicet, quem opere maximo laudavit in
Nebulis. Sane temperare fibi debuit ab hac fcabie,
praefertim cum tantus olim fuerit ei honos habitus
vel ab hoftibus, ut, cum bello Siculo multi captivi
effent Athenienfes, plerisque tamen parfum fuerit
propter communicatas ipfis Sophocleas fabulas. Sed
prifca comoedia Satyra fuit tota; et, quod diximus
antea, κακως λεγειν 'Αττικον ιϛι μελι. Nec amicis
quidem parcebant comici.

Wider diefe Stelle ift verfchiednes zu erinnern.
Erftlich foll **Ariftophanes** in den Wolfen den Sophofles ungemein gelobt haben. Das glaube ich
nicht. Zweitens, waren es die Verfe des **Euripi-**
des, welche den Athenienfern fo gute Dienfte lei-
fteten, und nicht des Sophofles Trauerfpiele.

(O.)

Darin kommen die Zeugniffe der Alten alle
überein, daß Sophofles von den Athenienfern
zum Feldherrn fey ernennet worden. Aber wenn
diefes gefchehen fey, und **in welchem Kriege,**
wider

wider wen dieser Krieg geführt sey, darin gehen
sie sehr von einander ab.

Der ungenannte Biograph sagt: „Die Athe-
„nienser erwählten ihn in seinem fünf und sechzig-
„sten Jahre zum Feldherrn, sieben Jahr vor dem
„peloponnesischen Kriege, in dem Feldzuge wider
„Anäa".

Ein andrer Ungenannter, von welchem wir
eine Beschreibung der Olympiaden haben, sagt in
derselben, unter dem dritten Jahre der fünf und
achtzigsten Olympiade, fast mit den nämlichen Worten: „In dieses Jahr fällt der Krieg der Athenienser wider Anäa, in welchem der Tragödienschrei-
ber Sophokles zum Feldherrn erwählt ward".

Nun nahm der peloponnesische Krieg in dem
zweiten Jahre der sieben und achtzigsten Olympiade
seinen Anfang; und das siebente Jahr vor diesem
Kriege wär das gedachte dritte der fünf und ach-
zigsten Olympiade. Dieses Datum also könnte,
wegen des doppelten Zeugnisses, kaum in Zweifel
gezogen werden. Allein, wenn es damit seine Richtigkeit hat, so ist doch das nicht der Fall, daß Sophokles damals bereits fünf und sechzig Jahr

J 3   alt

alt gewesen sei. Denn da der ungenannte Bio‑
graph das zweite Jahr der ein und siebenzigsten
Olympiade zu seinem Geburtsjahr annimmt; so ist
bis auf das siebente Jahr vor dem peloponnesischen
Kriege nur eine Zeit von einigen funfzig Jahren
verflossen. Vielleicht hat der Ungenannte auch wirk‑
lich anstatt ἑξηκοντα πιντι, πιντηκοιτα πιντι schrei‑
ben wollen; welches so ziemlich eintreffen würde.

Doch auch mit diesem siebenten Jahre vor dem
peloponnesischen Kriege, glaubt **Petit** *), müsse
es seine Richtigkeit nicht haben, wenn man anders
dem **Plutarch** glauben dürfe. Dieser sagt nämlich
in dem Leben des **Perikles**, wenn er von den
scharfsinnigen Reden dieses Mannes redet, unter
andern: „Ein andermal ließ er sich gegen den
„**Sophokles**, als er mit demselben zu einer ge‑
„wissen Unternehmung abschiffte, und dieser einen
„schönen Jüngling lobte, so vernehmen: Sopho‑
„kles! ein Feldherr muß nicht nur reine Hände,
„sondern auch reine Augen haben.‟

Nun sagt der ungenannte Biograph, daß
Sophokles unter dem **Perikles** Feldherr gewesen
sey;

*) *Miscellaneor.* L. III. c. 1e.

sey; und der Grammatiker Aristophanes sagt in seinem Inhalte der Antigone, daß es in einem Feldzuge wider die Samier gewesen sey. Nach dem Diodorus Sikulus aber zog Perikles gegen die Samier in dem vierten Jahre der vier und achtzigsten Olympiade, als Timokles Archon war, welches der ungenannte Verfasser der Beschreibung der Olympiade gleichfalls bestätigt.

Ja, der ganze Krieg wider Anäa scheint nur der Samier wegen unternommen zu seyn, weil die von Anäa mit dem benachbarten Samos in Bündniß standen. Denn Stephanus sagt: Ἀναια — — ἐςι δι Καρίας, ἀντικρυ Σαμȣ. Κικληται ἀπο Ἀναιας Ἀμαζονος, ἐκιι ταφισης. — Το ἐθνικον, Ἀναιος. Stephanus muß die Gränzen von Karien sehr weit ausdehnen, wenn Anäa Samos gegen über gelegen haben soll. Nach der gewöhnlichen Eintheilung würde es eine Jonische Stadt seyn. Ueberhaupt aber sind die Gränzen zwischen Jonien und Karien bei den Alten sehr ungewiß.

Eben dieser Stephanus sagt: Σαμος ἐπιφανης προς τη Καριη νησος. — Und Abrah. Berkel

J 4   macht

macht die Anmerkung: Nisi *Stephani* verba essent clariora quam *Thucydidis*, fluctuandum nobis foret, an Cariae, an vero Samo haec civitas esset attribuenda. Eius verba L. IV. ita sunt constituenda, ut sensum ex iis elicias: Καὶ ἰδόκει αὐτοῖς δεινὸν εἶναι, μὴ ὥσπερ τὰ ἐν Ἀναία ἐπὶ τῇ Σάμῳ γένηται, ἔνθα οἱ φεύγοντες τῶν Σαμίων κατέσταντες. *Valla* haec transtulit, quasi Ἀναία in Samo esset sita; cum debuisset vertere: *apud* vel *juxta* Samum: nam sic Graeci dicunt ἐπὶ τῷ ποταμῷ et ἐπὶ ταῖς θύραις.

Anäa ist von Samiern, welche von den Ephesiern, mit ihrem Könige Leogorus von der Insel vertrieben wurden, befestigt worden; und von da aus haben sie auch die Insel wieder erobert. — Pausanias sagt, daß Anäa ἐν τῇ ἠπείρῳ τῇ πέραν, in dem gegenüber gelegenen festen Lande gelegen habe.

Diese ganze Anmerkung gehört größtentheils dem Samuel Petit, der aus dem allen den Schluß zieht, daß Sophokles seine Antigone in dem dritten Jahre der vier und achtzigsten Olympiade habe aufführen lassen, und daß ihm die Athenienser zur Belohnung dafür das folgende Jahr zum

zum Feldherrn ernennet haben, wie es Aristophanes ausdrücklich sagt. — Es wäre also neun
Jahr vor dem peloponnesischen Kriege gewesen.

Wider die letzte Kritik des Petit wäre aber
dieß einzuwenden, daß Perikles die Samier zwei-
mal überwunden hat, und daß Sophokles erst
bei dem zweiten Feldzuge Feldherr geworden; welches denn in das dritte Jahr der fünf und achtzigsten Olympiade fallen würde *).

Wenn Strabo in seinem vierzehnten Buche
(S. 446. der Almelov. Ausg.) von der Insel
Samos redet; so sagt er: Ἀθηναιοι δε πϱοτεϱον μιν
πιμψαντις ϛϱατηγον Πεϱικλια, και συν αυτω Σοφο-
κλια τον ποιητην, πολιοϱκια κακως διεθηκαν ἀπει-
θϱντας τϱς Σαμιϱς· ὑϛεϱον δε και κληϱϱχϱς ἐπιμψαν
τϱισχιλιϱς, ἐξ ἑαυτων, ὡν ἡν και Νιοκλης ὁ Ἐπικϱϱϱ
τϱ φιλϱσοφϱ πατηϱ.

Was Plutarch im Nicias von dem Sopho-
kles sagt, ist vielleicht falsch; und er hat den Dichter

---

*) S. *Diod. Sic.* L. XII. *Thucydid.* L. 1. c. 1. —
Auch Plutarch gedenkt im Perikles des zwiefachen
Kriegszuges gegen die Samier.

ter Sophokles mit dem andern Sophokles verwechselt; so, wie er in dem Leben des Perikles
den Feldherrn Themistokles mit dem Geschicht-
schreiber verwechselt zu haben scheint.

Justinus kommt darin überein, daß Sophokles neben dem Perikles Heerführer gewesen
sey. Allein er sagt, es sey gegen die Lacedämonier,
und nicht gegen die Samier gewesen. Die Stelle
ist diese: Inde revocati Lacedaemonii ad Messenio-
rum bellum, ne medium tempus otiosum Athenien̄si-
bus relinquerent, cum Thebanis paciscuntur, ut Boeo-
tiorum imperium his restituerent, quod temporibus
Persici belli amiserant, ut illi Atheniensium bella susci-
perent. Tantus furor Spartanorum erat, ut duobus
bellis impliciti, suscipere tertium non recusarent,
dummodo inimicis suis hostes acquirerent. Igitur
Athenienses adversus tantam tempestatem belli duos
duces deligunt, Periclem, spectatae virtutis virum,
et Sophoclem, scriptorem tragoediarum, qui diviso
exercitu et Spartanorum agros vastarunt, et multas
Achaiae civitates Atheniensium imperio adjecerunt. —
Justinus, als ein Epitomator, preßt die Zeiten
hier gewaltig zusammen, wie man aus dem zweiten

Buche

___

Buche des **Diodorus Sikulus** sieht. Der Feld-
zug des **Perikles** wider die Lacedämonier geschah
schon eine geraume Zeit früher, als der wider die
Samier.

(Q.)

Die Zahl aller seiner Stücke wird sehr
groß angegeben.) **Suidas** sagt, er habe hundert und drei und zwanzig Stücke spielen lassen;
nach einigen aber noch weit mehrere: ἰδιδαξι δε
δραματα ϱκγ΄. ὡς δε τινες, και πολλω πλειω. —
Der Ungenannte sagt, dem Grammatiker **Aristophanes** zufolge, daß sich ihre Anzahl auf hundert
und dreißig belaufen habe.

(R.)

Von den andern ist wenig mehr übrig,
als der Titel.) Diese sind: *)

ΑΤα-

___

*) **Lessing** ging nur drei von diesen verlornen Schau-
spielen aus der sehr zahlreichen Menge durch, die
Fabricius (Biblioth. Gr. L. II. c. 17. p. 595 - 603.)
nahmhaft macht.   **C.**

᾽Αθαμας.

Sophokles hat zwei verschiedne Tragödien dieses Namens geschrieben. Vielleicht war der Inhalt der einen die klägliche Raserei des Athamas, welche Ovid im vierten Buche seiner Verwandlungen beschreibt. Juno ließ ihn, vornehmlich aus Haß gegen seine Gemahlin, die Ino, rasend machen. In dieser Raserei glaubte er auf der Jagd zu seyn, und eine Löwin mit zwei Jungen zu verfolgen:

Utque ferae sequitur vestigia conjugis amens,
Deque sinu matris ridentem et parva Learchum
Brachia tendentem rapit, et bis terque per auras
More rotat fundae, rigidoque infantia saxo
Discutit ossa ferox.

Mit dem andern Sohne, Melicertes, floh die gleichfalls rasende Ino davon, und stürzte sich mit ihm von einem Felsen ins Meer. — Die Alten stellten den Groll der Götter gegen große Personen und Familien auf ihren Bühnen gern vor. Und was kann in der That schrecklicher seyn, als der unversöhnliche Haß eines allmächtigen Wesens?

Von

Von dem Inhalte des zweiten Trauerspiels
dieses Namens wissen wir etwas mehr. Aus einer
Stelle des Aristophanischen Scholiasten, in den
Wolken, erhellt nämlich, daß es die Opferung
des Phrixus betroffen habe. Die Tragödie hat
können vortrefflich seyn; denn die Geschichte ist ungemein, und sehr werth, von einem neuen Dichter
behandelt zu werden. Sie ist diese: Vor der Ino
hatte Athamas die Nephele zur Gemahlin gehabt, mit welcher er den Phrixus und die Helle
gezeugt hatte. Die rachgierige Juno gab der
Ino in den Sinn, diese Kinder aus dem Wege zu
räumen. Es war eben eine große Theurung, und
das delphische Orakel hatte man um Rath gefragt.
Ino bestach den Gesandten, welcher den Ausspruch des Orakels holen mußte; und dieser gab
vor, das Orakel habe befohlen, den Phrixus zu
opfern. Der Vater, wie natürlich, will durchaus
nicht darein willigen. Das Volk dringt darauf.
Der Prinz selbst verlangt, daß der Wille des Orakels an ihm vollzogen werde. Die Großmuth des
Phrixus rührt den Abgesandten. Er entdeckt den
Betrug. Athamas ergrimmt; liefert dem Phri-

rus

rus die Ino in die Hände, um sich nach eignem
Gutbefinden an ihr zu rächen. Der edle Phrixus
verzeiht ihr. — Ich erzähle die Geschichte nicht
völlig so wie sie sich zugetragen haben soll, und wie
sie Apollodor und Hygin erzählen; sondern so,
wie ich sie zu brauchen gedächte.

Ἐρεχθεύς.

Erechtheus war der sechste König von Athen.
Man findet keine Spur, was der Inhalt dieses
Stücks gewesen sey. Aber ich finde einen Zug in
seiner Geschichte, der ungemein tragisch ist, und
der sich wohl brauchen ließe. Er ward mit den
Eleusiniern in Krieg verwickelt. Er fragte das Orakel, wie er sich des Sieges vergewissern solle. Das
Orakel befahl ihm, eine von seinen Töchtern zu
opfern. Er ersah die jüngste dazu. Aber die übrigen alle wollten dieser grausamen Ehre eben so
wohl theilhaft werden. Welch ein Streit unter
diesen frommen Schwärmerinnen! Die jüngste
ward geopfert; und die übrigen brachten sich zugleich mit ums Leben. — O! des verwaiseten
Vaters!

Φυίηε.

Θυεϛης.

Auch unter diesem Namen hat Sophokles zwei Trauerspiele verfertigt. Das eine hieß: Θυεϛης ὁ ἐν Σικυωνι, d. i. Thyeſt in Sicyon, und kann von dem ſonderbarſten ſchrecklichen Inhalte geweſen ſeyn. Nach der abſcheulichen Mahlzeit, die ihm ſein Bruder bereitete, floh er nach Sicyon. Und hier war es, wo er, auf Befragung des Orakels, wie er ſich an ſeinem Bruder rächen ſolle, die Antwort bekam, er ſolle ſeine eigne Tochter entehren. Er überfiel dieſe auch unbekannter Weiſe; und aus dieſem Beiſchlafe ward Aegiſth, der den Atreus hernach umbrachte, erzeugt. — Die Verzweiflung einer geſchändeten Prinzeſſin! Von einem Unbekannten! In welchem ſie endlich ihren Vater erkennt! Eine von ihrem Vater entehrte Tochter! Und aus Rache entehrt! Geſchändet, einen Mörder zu gebären! — Welche Situationen! welche Scenen!

(S.)

Den Preis hat er öfters davon getragen.) Suidas ſagt, vier und zwanzigmal; Diodorus Siku-

Sikulus hingegen, achtzehnmal; und der ungenannte Biograph: „Den Preis hat er zwanzigmal davon getragen, wie Karystius sagt. Sehr
oft hat er den zweiten Preis, niemals aber den
dritten, erhalten."

(X.)

Der Vorzug, welchen Sokrates dem Euripides ertheilte, ist der tragischen Ehre des
erstern weniger nachtheilig, als er es bei dem
ersten Anblicke zu seyn scheint.) Die Stelle
ist beim Plato de Republ. L. VIII. p. 568, ed. *Steph.*
— — Daß allerdings Plato den Vers:

Σοφοι τυραννοι των σοφων συνυσια

deswegen dem Euripides beigelegt habe, weil er
glaubte, alle schöne Sprüchelchen müßten in den
Werken dieses Dichters stehen, werde ich unten
(in KK.) wahrscheinlich genug zeigen.

Die Stelle von der Einheit Gottes steht nicht
allein beim Eusebius, sondern auch beim Clemens
Alexandrinus *); aber etwas verändert:

'Εις

*) Λογ. Προτρεπτ. p. m. 26.

Ἐις ταις ἀληθειαισιν ἐις ἐστιν Θεος,

Ὃς ἐρανον τ᾽ ἐτευξε, και γαιαν μακρην,

Ποντ τε χαροπον οἰδμα, κἀνεμων βιας·

Θνητοι δε, πυλυκερδια πλανωμενοι,

Ἰδρυσαμισθα πηματων παραψυχην

Θεων ἀγαλματ᾽ ἐκ λιθινων ἢ ξυλων ἢ χαλκεων

Ἢ χρυσοτευκτων, ἢ ἐλιφαντινων τυπυς·

Θυσιας τε τουτοις και κενας πανηγυρεις

Νεμοντες· ὑτως ἐυσεβειν νομιζομεν.

Auch Juſtinus Martyr führt dieſe Verſe, S. 19, gleichfalls mit einigen Veränderungen an. — Cle: mens ſagt darüber: ὑτοσι μεν ἠδη και παρακεκιν- δυνευμενως ἐπι της σκηνης την ἀληθιιαν τοις θιαταις παρεισηγαγεν.

(Z.)

Er ſtarb in dem dritten Jahre der drei und neunzigſten Olympias.) Beim Suidas ſteht, er ſey ſechs Jahr nach dem Euripides ge- ſtorben. Dagegen ſagt der ungenannte Verfaſſer der Beſchreibung der Olympiaden unter jenem Jahre, daß Euripides und Sophokles beide in demſelben geſtorben wären.

K   Eben

Eben dieſes ſagt auch Diodorus Sikulus (L. XIII.) dem Apollodorus zufolge. Doch be= merkt Diodor ſelbſt gleich darauf die Verſchieden= heit der Meinungen hievon, indem Euripides, nach einigen, nicht lange hernach von den Hunden ſey zerriſſen worden.

(AA.)

Die Art ſeines Todes wird verſchiedent= lich angegeben.) Ich werfe von ungefähr den zweiten Band von Zwinger's Theatro vitae Hu- manae auf; und auf einmal werde ich meinen So= phokles unter den Selbſtmördern gewahr *), und zwar unter denen, die es aus Furcht vor der Schande geworden ſind. Ich erſtaune; denn ich hatte mir geſchmeichelt, daß nicht leicht ein Lebens= umſtand von dieſem Dichter ſeyn müßte, dem ich nicht nachgeſpürt, den ich nicht erwogen hätte. Die Art ſeines Todes wird verſchieden erzählt; das iſt wahr. Aber ſo! Wer in der Welt hat ſie jemals ſo erzählt? — Valerius Maximus, ver=
ſichert

*) Vol. II. L. VII. p. 451.

ſichert Zwinger. — Valerius Maximus? —
Und was ſagt denn dieſer? „Sophocles ultimae jam
ſenectutis, cum in certamen tragoediam dimiſiſſet — —
Ganz recht, das ſind des Valerius Worte; ich
erinnere mich ihrer an dem *dimiſiſſet*, wofür die
neuern elenden Ausgaben, z. E. die Minelliſche,
dediſſet leſen. — — Aber weiter! — ancipiti ſen-
tentiarum eventu diu ſollicitus, aliquando tamen
una ſententia victor, cauſam mortis gladium habuit.
— — *Gladium habuit?* Nimmermehr! — *gaudium*
habuit, heißt es beim Valerius. Er ſtarb vor
Freude, daß er endlich dennoch, obſchon nur durch
Eine überwiegende Stimme, die Krone davon getragen hatte.

Nun ſehe man was für Lügen aus einem
Druckfehler entſpringen können! Und aus einem
gleichwohl ſo handgreiflichen! — Doch muß ich
auch dieſes zu Zwinger's Entſchuldigung anführen,
daß ihn dieſer Druckfehler ſchwerlich ſo weit irre
geführt haben würde, wenn ihn nicht ein andrer
vorhergehender ſchon vom Wege abgeführt hätte.
Anſtatt: *aliquando* tamen una ſententia victor, lieſt
er nämlich: *aliquanto* tamen, und hat, allem An-

ſehn

K 2

sehn nach aliquanto zu victor gezogen; als wenn
sich Sophokles darüber gekränkt hätte, daß 'er
nur aliquanto victor, nur ein klein wenig Sieger,
nämlich nur durch den Beifall einer einzigen Stimme, gewesen wäre. — Sollte übrigens hier nicht
anstatt aliquando tamen. lieber zu lesen seyn: aliquando tandem?

(F F.)

Er hinterließ den Ruhm — — eines
Mannes, den die Götter vorzüglich liebten.)
In der Schutzrede des Apollonius *) an den
Kaiser Domitian kommt jener zuletzt auch auf den
Punkt, daß man es zu einem Stücke seiner An-
klage gemacht, daß er die Stadt Ephesus von der
Pest befreiet habe. Er leugnet das nicht. Er sagt
nur, Ephesus sey eine Stadt, die dergleichen
Wohlthat gar wohl verdient habe. Τις αν σοφος,
fährt er fort, εκλιπειν σοι δοκει τον υπερ πολεως
τοιαυτης αγωνα; ενθυμηθεις μεν Δημοκριτον ελευ-
θερωσαντα λοιμου ποτε Αβδηριτας, ειπησας δε Σοφοκλεα

*) _Philostrat._ de Vita Apollonii, L. VIII. c. 7. §. 8.

κλια τον Ἀθηναιον, ὸς λεγεται και ἀνεμυς θελξαι της ὡρας ὑπερτεινανταϛ. Wer follte folche Wun‑ der, Stürme zu befänftigen, einem Dichter zu‑ trauen? Ich hätte des Apollonius Erklärung da‑ von wiſſen mögen. Denn ſo gut er es natürlicher Weiſe zu erklären gewußt hat, wie er die Peſt zu Ephefus vorher wiſſen können, ohne ein Zaubrer, ein γοης, zu ſeyn; eben ſo würde er auch vielleicht die Beſänftigung der Winde zu erklären gewußt haben. Und Schade, daß das Kunſtſtück, das Apollonius gehabt hat, die Peſt vorher zu em‑ pfinden, verloren gegangen iſt!

Doch, ich kann dieß Räthſel löſen. Man erin‑ nere ſich, daß Sophokles Päane verfertigt hat, und daß der Päan ein Geſang war, wovon Euſta‑ thius *) ſagt, daß er ehedem nicht bloß, wie noch zu ſeiner Zeit, zur Abwendung der Peſt an den Apoll gerichtet werde, ſondern auch zur Däm‑ pfung des Krieges und andrer drohender Uebel: Ἐϛι δὲ Παιαν ὑμνος τις εἰς Ἀπολλωνα, ὐ μονον ἐπι παυσει λοιμε, ὡς ἀρτι, ἐιδομενος, ἀλλα και ἐπι παυτι

*) In L. I. Iliad. v. 473.

K 3

παυσει πολεμε — — πολλακις δι και προσδοκωμειε τινος διεις αδομενος. — Da alfo der Päan bei allem einbrechenden gemeinen Elende gesungen ward; was läßt sich leichter annehmen, als daß er bei dem damals wütenden Sturmwinde wird seyn gesungen worden, daß Sophokles diesen Päan gemacht, daß die Stürme darauf nachgelassen, und man dem Dichter also diese schleunige Wirkung und Erhörung beigemessen?

(II.)

Er hinterließ verschiedne Söhne, wovon zwei die Bahn ihres Vaters betraten.) Seine Söhne hießen: Jophon, Leosthenes, Ariston, Stephanus und Meneklides.

Ueber den Jophon ist der Artikel beim Sui= das nachzusehen. Er sagt von ihm: Ἰοφων, ἀϑη=ναιος τραγικος, ὑιος Σοφοκλευς τε τραγωδιοποιε. γνησιος. ἀπο Νικοστρατης. γεγονε γαρ ἀντῳ και τοϑος ὑιος Ἀριστων ἀπο Θεοδωριδος σικυωνιας. δρα=ματα δι Ἰοφων ἐδιδαξε ὑ. ὡν ἐστιν Ἀχιλλευς, Τηλε=φος, Ἀκταιων, Ἰλιος, Πιρσις δεξαμενος, Βακχαι, Πινϑευς, και ἀλλα τινα τε πατρος Σοφοκλεες.

Wenn

Wenn Clemens von Alexandrien *) zeigen will, daß auch die Griechen τας περι οτιϫν πολυπραγμονας, σοφϫς αμα και Σοφιϛας παρωνυμως κεκληκασι, so führt er unter andern auch die Autorität des Jophon an: Ιοφων τε ὁμοιως ὁ κωμικος ἐν Ἀυλῳδοις σατυροις, ἐπι ῥαψῳδων και ἀλλων τινων λεγει — Και γαρ ἐισεληλυθεν πολλων Σοφιϛων ὀχλος ἐξηρτημενος. — Dieses satyrische Schauspiel nennt Suidas nicht mit. Er wird aber hier offenbar falsch κωμικος genannt; denn die Komödienschreiber verfertigten keine satyrische Stücke **).

Sein Enkel von dem Ariston, der gleichfalls Sophokles hieß, machte sich auch als tragischer Dichter bekannt. So will es wenigstens Suidas. Hingegen merkt Meursius aus dem Diodorus Sikulus an, daß dieser den zweiten Sophokles nicht für einen Enkel, sondern für einen Sohn des ältern Sophokles ausgebe. Auch die Zeitrechnung sey für die Meinung Diodor's, indem dieser sage, daß der jüngere Sophokles in dem vierten Jahre

der

*) L. I. p 20?; edit. *Dan. Heinfii*, L. B. 1616.
**) Vergl. *Fabricii* Bibloth. Gr. Vol. 1. p. 729.

R 4

der fünf und neunzigſten Olympiade, alſo neun
Jahre nach dem Tode des Vaters, ſeine erſte Tragödie habe aufführen laſſen. Mit dem Diodor
komme auch der Ungenannte in ſeiner Beſchreibung
der Olympiaden überein.

Eben dieſen jüngern Sophokles führt auch
Clemens Alexandrinus an *), und ſagt von
ihm, daß er und Patrokles der Thurier den
Kaſtor und Pollux für ſterbliche Menſchen ausge-
geben haben: Πατροκλης, ὁ Θυριος, και Σοφοκλης
ὁ νεωτερος εν τρισι τραγῳδιαις, u. ſ. f. — Dieſe
Worte überſetzt Gratianus Hervetus **) bloß:
Patrocles Thurius et junior Sophocles ſcribunt.
Auch die vom Heinſius verbeſſerte und durchge-
ſehene Ueberſetzung läßt die Worte, εν τρισι τραγῳδιαις aus. Ich glaube, ſie bedeuten hier ſo viel
als Trilogie.

*) Λογω Προτρεπτ. p. m. 14.
*) P. 30. ſeiner zu Paris 1590 herausgekommenen Ueber-
ſetzung.

(KK.)

(KK.)

Die gerichtliche Klage, die seine Söhne wider ihn erhoben, mag vielleicht triftigere Ursachen gehabt haben, als ihr Cicero giebt.) Die hieher gehörige Stelle des Cicero ist in seinem Cato Major, oder vom Alter, (Kap. 7.) wo er untersucht, ob die Seelenkräfte im Alter abnehmen: Manent ingenia senibus; modo permaneat studium et industria: nec ea solum in claris et honoratis viris, sed in vita etiam privata et quieta. Sophocles ad summam senectutem tragoedias fecit: quod propter studium cum rem familiarem negligere videretur, a filiis in judicium vocatus est: ut, quemadmodum nostro more male rem gerentibus patribus bonis interdici solet, sic illum, quasi desipientem, a re familiari removerent judices. Tum senex dicitur eam fabulam, quam in manibus habebat et proxime scripserat, Oedipum Coloneum, recitasse judicibus, quaesisseque, num illud carmen desipientis videretur. Quo recitato, sententiis judicum est liberatus.

Vielleicht mag Sophokles noch in seinem Alter ein wenig liederlich gewesen seyn; welches

K 5   ihm

ihm wenigſtens beim Athenäus Schuld gegeben
wird *).

Und doch, wie reimt ſich dazu die Probeſtel-
lung beim Plato **)? Dieſe hat auch Philoſtrat
in dem Leben des Apolionius wiederholt †). Er
ſagt von dem Weltweiſen, daß er ſich der Liebe
ganz und gar zu enthalten vorgenommen habe:
ὑπερβαλλομενος και το τȣ Σοφοκλεȣς· ὁ μεν γαρ τον
λυττωντα ἐφη, και ἀγριον δισποτην ἀποφυγειν,
ἐλθων ἐις γηρας.

(LL.)

Auch andere Schriften und Gedichte
führt man von ihm an.) Nach dem Suidas,
ſchrieb er eine Elegie, Päane, und ein proſaiſches
Werk von dem Chore wider den Theſpis und
Chörilus.

Von den Päanen wird einer auf den Aeſku-
lap vom Philoſtratus erwähnt ††). — Apollonius

---

*) Deipnoſophiſt. L. XII. c. 1. Vergl, L. XIII. c. 27.

**) De Republ. L. I. p. 329, Vol. II. ed. *Steph,*

†) L. I. c. 10.

††) In Vita *Apollonii*, L. III. c. 5.

nius ist bei dem Gottesdienste der Weisen in Indien gegenwärtig: οἱ δὲ ᾖδον ᾠδην, ὁποῖος ὁ παιὰν ὁ τȣ Σοφοκλȣς, ὃν Ἀθηνσι τῳ Ἀσκληπιῳ ἀδȣσιν. Sollte man hieraus nicht schließen, dieser Päan sey noch zur Zeit des Philostratus und Apollonius gesungen worden? — Auch in dem Gemählde, welches der jüngere Philostrat vom Sophokles entworfen hat, wird auf diesen Päan angespielt, und darauf, daß Aeskulap bei ihm eingekehrt sey.

Daß er wider den Thespis und Chörilus schrieb, dient unter andern auch zur Widerlegung dessen, was Herr Curtius *) von der Verträglichkeit der griechischen Dichter unter einander sagt. Und Sophokles hatte nicht allein mit solchen schlechten Dichtern zu streiten, sondern auch mit dem Euripides; welches ich aus einer merkwürdigen Stelle des Pollux **) beweisen kann, wo er sagt, daß der Behelf, dem Chore das in
den

*) In den Anmerkungen zu s. Uebers. von Aristot. Dichtk. S. 104.
**) L. IV. c. 26.

den Mund zu legen, was der Dichter gern den Zuschauern sagen möchte, sich zwar für den komischen
Chor, aber nicht für den tragischen schicke. Unterdeſſen habe ſich doch Euripides deſſelben in vielen
Stücken bedient; und manchmal auch Sophokles, wozu ihm der Streit, den er mit jenem gehabt, Anlaß gegeben: Και Σοφοκλης δε αυτο εκ της
προς εκεινον εμιλλης τοισι σπανιακις, ώσπερ ἰν
Ἰππoισιν.

(MM.)

Die Urtheile, welche die Alten von ihm
gefällt haben.) Die vorzügliche Erwähnung des
Sophokles beim Virgil *) iſt bekannt:

En erit, ut liceat totum mihi ferre per orbem
Sola Sophocleo tua carmina digna cothurno?

Sabinus und Barnes meinen, Sophokles habe
hier bloß ſeinen Namen hergeben müſſen, weil der
Name Euripides nicht ſo gut in den Hexameter
gegangen ſey. Aber dieſe Leute müſſen nicht haben
ſkan-

*) L. XXIV. c. 10.

ſkandiren können. Es kommen in der Anthologie mehr als ſechs Epigramme, in Hexametern und Pentametern vor, in welchen allen der Name Euripides befindlich iſt.

Freilich bemerkt Cölius Rhodiginus, daß die vorletzte Sylbe in dieſem Namen vom Sidonius Apollinaris lang gebraucht werde:

Orcheſtram quatit alter Euripides.

Apud Ionem quoque, ſetzt er hinzu, id ipſum invenias:

Χαιρε μιλαμπεπλοις 'Ευριπιδη ιν γυαλοισιν.

Sunt, fährt er fort, qui corripiant tum graece tum latine; ut in eo:

Nulla aetate tua, Euripides, monumenta peribunt.

Aber in dem Verſe des Jon iſt ja die vorletzte Sylbe kurz, und die dritte von der letzten iſt lang, eben wie in allen den gedachten Sinngedichten der Anthologie. Sogar der Virgiliſche Vers:

Sola Sophocleo — — —

könnte

könnte eben so gut heiſſen:

Sōlă Eūrīpĭdĕō — — —

Hieſſe es, wie beim Sidonius, Eūrīpĭdes; ſo
gienge der Name freilich in keinen Hexameter *).

(NN.)

Verſchiedene Beinamen die man ihm gegeben hat.) „Er wird, ſagt Suidas, wegen
„ſeiner Süßigkeiten die Biene genannt.“ — Der
ungenannte Biograph giebt eine andere Urſache
an: „weil er ſich von allen das Schönſte und
„Beſte auszuleſen gewußt habe.“

Phrynichus Arabius in ſeinen Büchern
Σοφισικης Παρασκευης, wovon ſich ein Auszug beim
Photius findet **), nennt den Aeſchylus τον
μεγαλοφωιοτατον, den Sophokles τον γλυκηι,
und den Euripides τον παισοφον.

Wider

---

*) **Barnes** handelt in ſeinem Leben des **Euripides,**
§. VII, ſehr umſtändlich von der Quantität dieſes
Namens. **L.**

**) P. 324, ed. *Andr. Schotti,* 1653.

Wider diesen Zunamen des Süßen, wenn er ihm wegen der Lieblichkeit seiner Verse wäre beigelegt worden, ließe sich eine Anmerkung des Muretus *) anführen. Dieser bemerkt es als eine von den anstößigsten Härten der Rede, wenn der nämliche Mitlauter sehr oft und nahe hinter einander vorkommt. Er führt zum Beispiele folgende Verse aus der Medea des Euripides an, wo jene dem Jason vorwirft, er sey durch ihren Beistand allein gerettet worden:

Ἐσωσα σ᾽ ὡς ἰσασιν Ἑλληνων ὁσοι
Ταυτον συνειϛιβησαν Αργειων σκαφος.

Die häufige Wiederholung des σ, besonders in dem ersten dieser Verse, gab den komischen Dichtern Plato und Eubulus zum Spotte Gelegenheit. Muretus fährt fort, ein zweites Beispiel dieser Härte zu geben: Alterum, sagt er, Sophoclis; et quidem ea in fabula, quae quasi regnum possidere inter tragoedias dicitur. Ibi enim Oedipus cum Tiresia jurgans, eique et aurium et mentis et oculorum

caecita-

*) Lect. Var. L. I. c. 15.

cæcitatem objiciens, hoc eum verfu indignabundus inceffit:

Τυφλος τα τ' ωτα, τον τε νϵν τα τ' ομματα τ' ιϵ.

ubi cum faepius etiam inculcaverit literam τ, quam ille alter literam σ, tamen Euripides dicacium aculeos expertus eft: Sophocles a nemine, quod fciam, notatus.

(O O.)

Von dem gelehrten Diebſtahle, den man ihm Schuld giebt.) Ueber die Diebſtähle des Sophokles ſoll Philoſtratus der Alexandriner ein ganzes Buch geſchrieben haben.

Ich weiß nicht, was ich von dem Inhalte dieſes Buchs denken ſoll. Ohne Zweifel aber wird er ſie nicht beſſer bewieſen haben, als Clemens Alexandrinus uns ähnliche Diebſtähle, deren ſich die Griechen gegen einander ſchuldig gemacht haben ſollen, bewieſen hat.

Clemens will in dem ſechſten Buche ſeiner Stromata darthun, daß die Griechen viele Wahrheiten aus den Büchern der Offenbarung geſtohlen

stohlen haben. In dieser Absicht sucht er vorläufig
zu beweisen, daß die Griechen überhaupt zu gelehrten Diebstählen sehr geneigt gewesen, und sich unter einander selbst bestohlen haben. Φερι, μαςτυρας
της κλοπης αυτυς καθ᾽ ιαυτων παραςησωμιν τυς
Ελληνας. Was Wunder also, fährt er fort, da sie
sich selbst bestohlen haben, daß auch wir von ihnen
nicht unbestohlen geblieben sind?

Er führt hierauf verschiedene Dichter und
Schriftsteller an, die zu verschiedenen Zeiten gelebt
haben, und bringt Stellen aus ihnen bei, die so
ziemlich einerlei Gedanken, oder einerlei Gleichniß,
zum Theil mit einerlei Worten, enthalten. Als,
aus dem Orpheus, Musäus, Homer; aus dem
Homer, Archilochus und Euripides; aus dem
Aeschylus, Euripides und Menander.

Und endlich sagt er, daß das Nämliche auch
von solchen Verfassern zu beweisen sey, die zu glei-
cher Zeit gelebt hätten, und Nebenbuhler um einerlei Ruhm gewesen wären. Λαβοις δ᾽ αν ικ παραλ-
ληλυ της κλοπης τα χωρια και των συιακμασαντων
και ανταγονισαμινων σφισι, τα τοιαυτα. — Und
nun führt er verschiedene ähnliche Stellen aus dem

Sopho-

Sophokles und Euripides an, um zu beweisen, daß diese einander bestohlen haben.

Allein es sind alles Stellen, welche solche Gedanken enthalten, die ganz gewiß weder der Eine noch der Andre damals zuerst gehabt haben. Es sind allgemeine Wahrheiten, auf die zwei Dichter, die nie von einander etwas gehört haben, nothwendig fallen müssen. Z. E. Euripides sagt im Orest:

'Ω φιλον υπνε θελγητρον, επικερος νοσε.

Und Sophokles, in der Eriphile:

'Απελθ' εκεινης υπνον ιητρον νοσε.

Sie sagen beide, daß der Schlaf ein wohlthätiger Arzt für mehrerlei Uebel sey; deswegen sollen sie einander ausgeschrieben haben! Ferner, Euripides sagt im Ktimenus:

Τω γαρ πονεντι και Θεος συλλαμβανει.

Und Sophokles im Minos:

'Ουκ εςι τοις μη δρωσι συμμαχος τυχη.

Wenn

Wenn einer von dem andern diese Stellen hätte
entlehnen müssen, so hätte man dem, der sie ent-
lehnte, zurufen können, was man dem Allerun-
wissendsten zurief: Ne Aesopum quidem legisti.
Denn Aesopus hat schon ein Mährchen, welches
diese Lehre einschärft.

Euripides, im Alexander:

Χρονος δε δειξει· ᾡ τεκμηριῳ μαθων
Ἡ χρησον οντα γνωσομαι σε, ἡ κακον.

Und Sophokles, im Hipponus:

Προς ταυτα κρυπτε μηδεν· ὡς ὁ παντ᾽ ὁρων
Και παντ᾽ ακων, παντ᾽ αναπτυσσει χρονος.

Beide sagen: die Zeit bringt alles an das Licht.
Folglich hat einer den andern ausgeschrieben.

Unterdessen kann man aus diesen Stellen, die
vielleicht Clemens dem Sophisten Hippias, den
er bald darauf als einen nennt, der von ähnlicher
Materie geschrieben, abgeborgt hat, so viel schließen, daß die bekannte Zeile:

Σοφοι τυραννοι των σοφων συνεσια

schwer-

schwerlich weder beim **Euripides**, noch beim **So-**
phokles damals vorgekommen sey. Diese hätte
einer dem andern nothwendig müssen gestohlen haben. Und das hätte **Hippias** oder **Clemens** gewiß
nicht anzumerken vergessen.

(PP.)   .

Kleinere Materialien, die ich noch nicht
anbringen können.)

·I. Von des **Sophokles** Schauspielern.

1. **Klidenides**, dessen **Aristophanes** in den
Fröschen, v. 803, gedenkt, soll, wie der Scholiast sagt, nach dem **Apollonius**, des **Sopho-**
kles Schauspieler, nach dem **Kallistratus** aber,
vielleicht ein Sohn des **Sophokles** gewesen seyn.

2. **Tlepolemus**, dessen gleichfalls **Aristo-**
phanes, in den **Wolken**, v. 1269, gedenkt;
wobei der Scholiast sagt: ἄλλοι δὶ τραγικον ὑποκριτην ἱναι τον Τληπολιμον, συνχως ὑποκριιομινον
Σοφοκλιι.   •

3. Vielleicht auch **Polus**, von welchem, **Gel-**
lius, L. VII. c. 5. folgendes erzählt: Histrio in terra
Graecia fuit fama celebri, qui gestus et vocis clari-
tudine

tudine et venuſtate ceteris anteſtabat. Nomen fuiſſe ajunt Polum. Tragoedias poetarum nobilium ſcite atque aſſeverate actitavit. Is Polus unice amatum filium morte amiſit. Eum luctum cum ſatis viſus eſt eluxiſſe, rediit ad quaeſtum artis. In eo tempore Athenis Electram Sophoclis acturus geſtare urnam quaſi cum Oreſtis oſſibus debebat. Ita compoſitum fabulae argumentum eſt, ut veluti fratris reliquias ferens Electra comploret, commiſereaturque interitum ejus, qui per vim extinctus exiſtimatur. Igitur Polus lugubri habitu Electrae indutus oſſa atque urnam a ſepulcro tulit filii, et quaſi Oreſti amplexus opplevit omnia non ſimulacris neque imitamentis, ſed luctu atque lamentis veris et ſpirantibus. Itaque cum agi fabula videretur, dolor actus eſt. — Vergl. *Gyrald.* Dial. VI. p. m. 692.

II. **Von andern, welche den Namen So-phokles geführt haben.**

1. **Xylander** hat in ſeinem Verzeichniſſe der Schriftſteller, welches im Theſaurus des Stephanus angeführt wird, einen **Sophokles Lariſ-ſäus**, als einen, deſſen Stephanus unter Κραντια gedenke. Allein **Mauſſakus** hat es in ſeiner

L 3   Noten

Noten über den Harpokration bereits angemerkt, daß beim Stephanus nicht Σοφοκλης Λαρισσαιος, sondern Λαρισσαιαις zu lesen, und darunter das Schauspiel Λαρισσαιαι zu verstehen sey. — Vergl. Berkel's Anmerkungen über den Stephanus, S. 476.

Auch hieß einer von den Scholiasten, welche über des Apollonius Argonautika kommentirt haben, Sophokles. Dieses Scholiasten gedenkt Stephanus unter ᾽Αβαρνος. Und unter Καταςρον, wo es ausdrücklich heißt: Σοφοκλης ὑπομνηματιζων τα αργοναυτικα. Die noch jetzt vorhandenen Scholien über den Apollonius scheinen nur ein Auszug aus den Scholien dieses Sophokles, des Lucillus Tartheus, und des Theon zu seyn.

3. Von dem Sophokles, welcher die Philosophen aus Athen vertrieb, sehe man den Jul. Pollux im neunten Buche.

III. Von den Sprüchwörtern, zu welchen Sophokles Gelegenheit gegeben hat.

Dahin gehört besonders der sprüchwörtliche Ausdruck: *Equus Sophocleus.*

Philos

Philoſtrat ſagt in ſeinen Lebensbeſchreibungen der Sophiſten, daß er den Damianus zu ver-
ſchiedenen malen zu Epheſus in ſeinem Alter beſucht
habe, und ſetzt hinzu: και ειδον ανδρα παραπλη-
σιον τῷ Σοφοκλιῳ ιππῳ. Νωθρος γαρ ὑφ᾽ ἡλικιας
δοκων, ναζουσαν ὁρμην ιν ταις σπουδαις ανικτατο.

Câlius Rhodoginus *) erklärt dieß Sprüchwort auf folgende Weiſe: Quod autem de equo
dictum Sophocleo eſt, arbitror in eo alluſum ad tra-
gici cothurni majeſtatem, qui ſit veluti *equeſtris*, co-
micae humilitatis ratione. Unde in Arte Poetica
Horatius :

Et tragicus plerumque dolet ſermone *pedeſtri*.

Vel quia poetae furoris divini afflatu perciti vicem
equi implent, equitis vero inſidens numen, ſive is
Apollo ſit, ſive Muſa, ſive quivis alius. Nam et in
Sibylla hoc ipſum ſervavit poeta nobilis :

— — — et frena furenti

Concutit, et ſtimulos ſub pectore vertit Apollo.

In dem folgenden Kapitel aber beſinnt er ſich
eines Beſſern. Er gedenkt nämlich des κολωος
ιππιος,

*) Lect. Antiqu. L. XXI. c. 20.

ἱππιος, und ſagt: ad quod forte proverbium re-
ſpectet, quod de equo Sophocleo praeteximus, eo
quidem proclivius, ſi illibi quoque habitavit Sophocles, quod in quinto de Finibus Cicero ſignificat.

Doch, beides taugt nichts. Das Pferd geht
hier weder auf das eine noch auf das andre; auch
nicht darauf, daß Sophokles ſelbſt in ſeinem Alter
ſolch ein Pferd geweſen ſey; ſondern auf das Gleichniß zu Anfange der Elektra, wo Oreſt ſagt:

Ὡσπερ γαρ ἱππος ἐυγενης, κἂν ᾖ γερων,
Ἐν τοισι δεινοις θυμον ἐκ ἀπωλεσεν,
Ἀλλ᾽ ὀρθον ἒς ἱσησιν· ὡσαυτος δὲ συ
Ἡμας τ᾽ οτρυνεις, κ᾽αυτος ἐν πρωτοις ἰτη.

(QQ.)

Fehler der neuen Literatoren in der Erzählung ſeines Lebens.) Barneſius *) verſteht
die Worte des Scholiaſten ganz falſch, in welchen
geſagt wird, daß die Komödienſchreiber den Sophokles unangetaſtet gelaſſen haben: Ἀλλ᾽ ἒδ᾽ ὑπο
των Κωμῳδων ἀδεικτος ἀφειθη, των ἒδε Θεμιστοκλεης
ἀποσχομενων.

*) In Vita Euripidis, p. IV.

Fragment

Fragment

einer Uebersetzung

vom

Ajax des Sophokles.

Erster Aufzug.

Erster Auftritt.

Minerva.

Wie ich dich schon oft, Sohn des Laertes, dem
Feinde den Vortheil abzujagen schlau bemüht er-
blickte; so erblicke ich dich auch jetzt, hier unter den
Schifsgezelten des Ajax, am äußersten ihm anver-
trauten Ende des Lagers. Du spähst, und spürst,
und zählst, und missest alle seine frischen Tritte,
um zu wissen, ob er drinnen, oder nicht drinnen ist.
Wie wohl leitet dich gleichsam der untrügliche Ge-
ruch des lakonischen Windspiels! Er ist wieder
drinnen, der Mann! Schweiß rinnt ihm von dem

M   Antlitze,

Antlitze, und Blut von den mörderischen Händen.
Was siehest du noch so scharf nach dieser Thür?
Du darfst mir nur sagen, warum du dir diese
Mühe giebst; und du kannst von mir alles erfahren.

Ulysses. O Stimme Minervens, mir wer-
theste unter den Göttern! Denn nur allzuwohl, ob
du gleich unsichtbar bist, kenne ich deine Stimme;
und mein Geist ist bekannter mit ihr, als mit dem
ehernen Klange der tyrrhenischen Trommete! Wie
solltest du es nicht wissen, daß ich dieses feindseligen
Mannes, des Ajax wegen, mich hier herumtreibe?
Ihm, und keinem andern, suche ich auf die Spur
zu kommen. Er hat uns diese Nacht eine That
verübet, deren sich kein Mensch vermuthet hätte;
wenn er sie anders verübt hat. Denn noch wissen
wir nichts gewisses; wir vermuthen es nur; und
freiwillig habe ich mich selbst der weitern Nachfor-
schung unterzogen. Es findet sich alles unser Beu-
tevieh schändlich zugerichtet, und samt den Hü-
tern erwürgt. Jedermann glaubt ihm die Schuld
beimessen zu dürfen; und eine Wache hat ausge-
sagt, sie habe ihn ganz allein mit bluttriefendem
Schwerte über das Feld laufen sehen. Sogleich

machte

machte ich mich auf; und die Fußſtapfen, die ich
hier erblicke, beſtärken mich zum Theil; zum Theil
verwirren ſie mich auch: ich kann nicht begreifen,
weſſen Fußſtapfen es ſind *). — Aber du kommſt!
und wie erwünſcht! Deiner leitenden Hand, der
ich mich immer überließ, überlaß' ich mich noch.

Minerva. Das weiß ich, Ulyſſes. Ich hielt dein
Spähen genehm, und ging dir ſogleich entgegen.

Ulyſſes. Gütigſte Göttin! ſo iſt ſie nicht vergebens, meine Mühe?

Minerva. Er iſt der Thäter! Er iſt es!

Ulyſſes. Und was hat ihn zu ſo etwas Wider-
ſinnigem vermögen können?

Minerva. Der wütende Zorn über die ihm
abgeſprochnen Waffen des Achilles.

Ulyſſes. Aber die Heerde — warum fiel er
über die her?

Minerva. Er glaubte ſeine Hände mit eurem
Blut zu färben.

Ulyſ-

---

*) Δια την μανιαν, ſagt der Scholiaſt ſehr wohl,
δυσιχνευτος και επιτεταραγμενη η βασις γιγονε
τυ Αιαντος. Der Gang eines Raſenden nämlich iſt ſo
verwirrt, daß man aus ſeinen Tritten nicht klug werden kann.

Ulysses. Und also galt es den Griechen?

Minerva. Sie würden es auch empfunden haben, wenn ich nicht gewesen wäre!

Ulysses. Welche Verwegenheit! welche Tollkühnheit!

Minerva. Es war Nacht; er war allein, und ging als ein Meuchelmörder auf euch los.

Ulysses. Wie weit, wie nahe, kam er denn dem Ziele?

Minerra. Schon nahte er sich den Zelten bei der Feldherren.

Ulysses. Und was hielt da seine rasende Faust?

Minerva. Ich! — Ich störte ihm diese grausame Freude. Mit täuschenden Bildern füllte ich sein Auge, und wandte ihn gegen die vermischten Heerden, gegen die Hüter des sämtlichen Beuteviehs. Welch ein Metzeln! Alles hieb er um sich in Stücke. Bald glaubte er, beide Atriden mit eigner Hand zu morden; bald gegen einen andern Heerführer zu wüten. Denn ich reizte den Wahnwitzigen, und ließ die grausamste der Erynnen gegen den Tobenden los.

Ende.